Nove Tiros em Chef Lidu

Paula Bajer Fernandes

COPYRIGHT © 2014, PAULA BAJER FERNANDES
Todos os direitos reservados

COORDENAÇÃO EDITORIAL
Renato Rezende

PROJETO GRÁFICO
Rafael Bucker

DIAGRAMAÇÃO
Luisa Primo

REVISÃO
Leandro Salgueirinho

Dados Internacionais de Catalogação na Publicação (CIP)
(Câmara Brasileira do Livro, SP, Brasil)

Fernandes, Paula Bajer
  Nove Tiros em Chef Lidu / Paula Bajer Fernandes
  Rio de Janeiro
  Editora Circuito, 2014

  1. Romance brasileiro i. Título

12-08754   CDD-869.93

Índices para catálogo sistemático:
1. Romance : Literatura Brasileira   869.93

NOVE TIROS EM Chef Lidu

PAULA BAJER FERNANDES

CIRCUITO

1

Você deve ter ouvido falar de Chef Lidu. Aquele da Brasserie Lidu. Cozinha francesa. Também consta que pesquisava gastronomia molecular. Caviar de abóbora. Gelatina quente. O restaurante ficava nos Jardins, em São Paulo. Perto da Rua Augusta.

Acabou. A mulher do Chef, Darlene, ainda tentou manter um tempo, não conseguiu. Ele tinha estilo, só ele tinha estilo. Conhecia os detalhes todos. Podia servir arroz com feijão e os clientes pediam mais. Claro que ele não servia arroz e feijão. Servia *le coq au vin*. *Poulet frites*. *French fries*.

Chef Lidu estudava gastronomia para, quem sabe, mudar alguma coisa no restô. Ou mudar tudo. Ele tinha dúvidas.

Alguma transformação já começava, devagar, como a contratação do cozinheiro espanhol, por exemplo. Discípulo de Ferran Adrià (depois se descobriu que era mentira).

Chef Lidu pensava até em formigas no cardápio.

Chef Lidu era inquieto. Disseram também que gostava (pessoalmente) de uma boa macarronada. Era o que comia à noite, quando chegava em casa (se bem que seus hábitos estivessem mudando). Isso antes de Monalisa. Depois de Monalisa, mudou o regime alimentar. Aí, só sopa de tomates.

Hábitos alimentares de um chefe de cozinha assassinado nunca interessaram tanto os curiosos. A imprensa explorou esse aspecto da história toda.

Verificou-se, sabendo da inadequação dos carboidratos ao horário noturno, que Chef Lidu trocou o macarrão por sopas variadas, mas, principalmente, por creme de tomate.

Nos últimos meses (principalmente depois de Monalisa), Chef Lidu lutava contra a barriga. Deu um tempo na macarronada noturna. Por isso os tiros que tomou não causaram tanto impacto.

Uma coisa é furar uma barriga gorda, outra furar uma barriga magra.

E a de Chef Lidu estava magra na hora da morte. Uma surpresa. Alguns se perguntaram, até, se estava doente. Vê-se, aqui, a importância dos tomates na alimentação: úteis tanto para a macarronada como para a sopa. Bons para a dieta.

Lidu foi escolhido o oitavo melhor chefe de cozinha do Brasil por uma revista especializada. Ainda não estava na lista da Restaurant Magazine, mas poderia estar. Brasserie Lidu ao lado de D.O.M., L'Arpége, Le Bernardin, Astrid u Gastón. Sonhos. Simpático, aparecia bem na mídia. Tinha sempre uma piada pronta, um humor tipicamente francês (mas ele não era francês): irônico e sedutor.

Havia contratado, recentemente, um cozinheiro espanhol para o restaurante (já foi dito). Isso despertou inveja e ciúmes no ambiente de trabalho. Os antigos cozinheiros não se adaptaram ao estilo melodramático do espanhol. Outra pessoa passou a merecer atenções especiais do chefe: Monalisa.

Morreu assassinado tempos atrás. Você deve ter ouvido falar. Todo mundo ouviu. E é por isso que escrevo este livro. Porque participei daquele simulacro de investigação. Não se pode chamar de investigação a sucessão de atos processuais e extraoficiais até o relatório final do inquérito (que eu redigi). E gostei dessa palavra, simulacro. Fui importante naquele inquérito policial, que, aliás, para surpresa geral, terminou muito rápido.

Sou Elvis Prado Lopes, o escrivão. Casos assim rumorosos podem ficar anos tramitando entre a polícia e a Justiça, a Justiça e a polícia. Tudo passando sempre pelo Ministério Público, claro. O homicídio de Chef Lidu, não. Elvis, o escrivão, era muito inexperiente quando a investigação começou. Mas viveu, aprendeu. Aprendeu com os mestres.

No auge do sucesso, Chef Lidu foi baleado até o fim. Furaram alguns de seus órgãos vitais. Estômago, intestino, vísceras. A perícia contou nove tiros. Nove buraquinhos à queima-roupa. A cabeça ficou intacta. Cérebro não atingido. Lado direito íntegro. Lado esquerdo também. Racionalidade e criatividade funcionando a todo vapor no momento final.

O que ele deve ter pensado?

O coração, o órgão mais importante do corpo (eu acho), estourado, parou. E aí, meu amigo, quando isso acontece, já era. A pessoa acaba. Morre. Passa dessa para melhor. Em inglês: *he passed away*.

O livro ainda vai passar por uma revisão crítica. Várias. Dr. Magreza ainda não sabe que estou escrevendo. Vou mostrar os originais a ele antes de enviar para uma editora. Quero ver o que ele acha. Ver se eu compreendi bem a situação toda. Se eu entendi o que aconteceu de verdade. Meu chefe. A pessoa que me ensinou quase tudo o que sei. Mesmo sem querer, porque o doutor nunca quis ensinar ninguém. Nunca teve pretensão didática. O doutor sabe que na vida a gente aprende mesmo é sozinho.

Mas devo tudo a ele. Ao Dr. Magreza. Elvis Prado Lopes deve. Recapitulando. Vou reconstruir a história.

2

Aparentemente, o homicídio foi praticado por uma pessoa (não se sabia se homem ou mulher) que tocou a campainha logo de manhã e entrou no restaurante. Uma pessoa com capacete de motocicleta. Uma pessoa magra. Saiu nos jornais que a pessoa, de identidade e sexo desconhecidos, entrou no restaurante para roubar. Quem deu as primeiras declarações oficiais à imprensa foi Dr. Magreza. Ele passou essa versão. Se acreditava nela, ou não, ainda não sei. Logo vou saber.

Ele deu entrevistas. Ele me disse:

— Elvis, às vezes, informar a população é o mais importante em uma investigação. Não gosto, mas sou obrigado. É o nosso dever.

Achei meio estranho ele dizer isso porque assisti à primeira entrevista e ele respondia às perguntas dos jornalistas com monossílabos. Se fosse eu, teria aproveitado melhor aqueles momentos. Se queria informar, por que não falava de verdade? As pessoas sabem tão pouco sobre o trabalho da gente. Não é todo dia que aparece um microfone e um *cameraman* na frente da autoridade querendo saber o que ela sabe, o que ela descobriu. Jornal das 6, das 7, das 8, o

Nacional. Mas quando eu quis falar sobre isso, fui convidado a ficar quieto. Fiquei. Mas pensar eu podia. E pensei. Depois, eu entendi o temperamento de Dr. Magreza. Ele disse, depois:

— Elvis, se eu quisesse ser ator, estaria no teatro. Verdade. Mesmo assim, a sociedade esperava mais. Queria informações. Eu cheguei a falar para ele ser mais eloquente. Ele disse:

— Elvis, vou explicar uma vez só. O importante não é o que eu falo. Quanto menos informação eu revelar, melhor. O importante é a sociedade perceber a presença das instituições em uma situação de desequilíbrio extrema. Isso é o que importa.

Eu respondi, na hora:

— Desculpa, doutor, é que eu visto a camisa mesmo, quero que todo mundo saiba que a polícia trabalha pra valer.

— As pessoas querem imagens, elas não se importam com palavras. Se descobrirmos o autor dessa merda toda, fazemos a fotografia dele algemado e pronto, missão cumprida. Sucesso garantido. É assim.

Dr. Magreza não se importava muito com o que eu pensava e muito menos com o que eu dizia (ou o contrário?). Só às vezes. E, naquele primeiro dia da investigação, nós ainda não tínhamos intimidade. Ele era lacônico comigo e com a imprensa. Disse aos jornalistas que tudo se encaminhava para o latrocínio. Não queria espetacularização dos fatos. Era assim que ele falava:

— Elvis, isso aqui não é uma peça de Shakespeare. É a realidade, e com a realidade não se brinca.

Assim, para todos os efeitos, investigávamos um latrocínio.

Isso porque foram subtraídos, do restaurante de Chef Lidu, 5 kg de *filet mignon* congelados, bem acondicionados em porções individuais. Eu gostaria que tivessem sido subtraídas trufas negras, ou iguarias mais caras. Mas foi carne, mesmo. A carne que seria usada na preparação do famoso *filet de boeuf aux truffes*. Também foram subtraídos livros de receitas. Diversos livros. E também o caderno particular de receitas de Chef Lidu, escrito com sua própria letra, que, aliás, só ele devia entender. Ninguém mais terá uma letra como aquela (vi a letra em anotações em cadernetas que estavam nas gavetas da escrivaninha). Foram subtraídos R$ 10.000,00. Estavam no caixa. Tudo levava ao latrocínio. Latrocínio é matar para roubar. Não sei se o Código Penal considerou a conduta roubar para matar. Acho que não. Ninguém rouba para matar. A pessoa mata para roubar. Quem rouba e mata pratica dois crimes e quem mata para roubar pratica um crime só. Bem grave, por sinal.

Curioso é que as trufas negras ficaram. Trufas de Périgord novas, com o cheiro vivo, ainda. Dizem que essas trufas emitem um cheiro que estimula aproximação sexual. Alguma coisa a ver com feromônios, não sei direito. Ou o meliante não quis as trufas, ou não sabia que valiam muito. Vai saber.

Tudo levava ao latrocínio, a não ser que o criminoso quisesse simular um latrocínio (para mim, essa sempre foi a hipótese provável).

No dia seguinte ao crime, de manhã, na delegacia, Dr. Magreza leu os jornais e viu a notícia do latrocínio (essa palavra é boa, acho que vem do latim) e comentou que era isso mesmo. Ele aprovou a maneira como declarações foram reproduzidas: "O delegado Pedro Júlio Silveira declarou, ao sair do restaurante na parte da manhã, que as informações colhidas no primeiro momento levam à conclusão de que a pessoa que atirou em Chef Lidu o fez para não ser descoberto. A verdadeira intenção do assassino era pegar dinheiro e bens da Brasserie Lidu."

Dr. Magreza leu a matéria e fez um sinal de assentimento. Era bom não alarmar a população. Crimes passionais, familiares, deixavam as pessoas muito ansiosas e tensas. Foi o que ele disse. Dr. Magreza era um sociólogo. Mas acho que no fundo ele sabia que não tinha sido isso.

Ninguém mata um cara importante como Chef Lidu por acaso. Ou por dinheiro. Ninguém atira em uma pessoa nove vezes por uns quilos de *filet mignon*.

A não ser que a carne tenha um veneno mortífero e deva ser eliminada e o proprietário não saiba. Suponha-se que o dono do restaurante tenha adquirido carne envenenada da qual reluta em se desfazer e o assassino saiba disso e invada o restaurante para destruir o produto e salvar vidas. Homicídio com finalidade nobre.

Não foi nada disso.

3

RECAPITULANDO O QUE OUVI E ALGO MAIS. DEVE TER SIDO ASSIM.
   Na noite anterior ao crime, o restaurante estava lotado. Não havia uma mesa livre. A espera estava em 40 minutos. Lidu concentrado em montar os pratos, um prato atrás do outro. Linha de produção. Fiscalizava a aparência deles, que deviam estar bonitos antes de gostosos, embora gostosos, também. Ele pensava nisso, na combinação entre beleza e paladar. Chef Lidu era preocupado com o ambiente agradável, com detalhes, sabe? E a decoração dos pratos era importante. As pessoas comiam também com os olhos, ele dizia.
   Sabia que as pessoas fotografavam pratos e cuidava para que eles estivessem bonitos. Pratos fotogênicos. Coloridos. Não suportaria ver um prato seu mal arrumado no *instagram* de um cliente maldoso. Ele só pedia para o garçom advertir a pessoa para não usar *flash*. Tinha gente que tentava tirar foto do prato do vizinho. Isso não. Uma vez Chef Lidu mandou o garçom proibir, mesmo. A senhora foi ao banheiro e, na volta, pegou o celular e direcionou a câmera para a *tarte aux pommes* que sua vizinha de cabelos brancos saboreava. Chef Lidu deixou passar mas, quando ela quis fotografar

a *madeleine*, foi reprimida por uma cotovelada leve do garçom mais antigo. A *madeleine* do vizinho, não. Ela que fotografasse a própria, na hora certa, no fim do jantar. Esse é um dos fatos lendários do restaurante. Não se sabe se aconteceu. Eu é que não inventei.

Chef Lidu apreciava um fio vermelho sangue de enfeite, que ele desenhava com groselha caramelizada. Imagino Chef Lidu pensando em cenas grotescas enquanto decorava. O sangue saindo das próprias mãos, facas entrando nas carnes de vacas entristecidas pela perspectiva da morte. Imaginava sobremesas cremosas, *bavaroise* em camadas, por exemplo. Camadas de chocolate e creme. Ou *profiterole*.

Foi mencionado, na apuração, que Lidu adorava doces. Gostava mais deles que de salgados. *Savarin*, por exemplo. E *baba au rum*. Peras em calda. *Chocolat à la Crême*. E estava de dieta, coitado. Pelo menos, amava furiosamente (Monalisa, eu acho).

Tudo isso foi dito pelas testemunhas. Começavam a falar e não paravam mais. Falavam sobre a comida (comida e sexo). E o pior é que Dr. Magreza dava a maior corda. Depois desconfiei que aquilo podia ter um sentido qualquer. Mas, na hora, achava essa conversa cansativa (menos a parte sexual). É que eu não me interesso muito por comida, para dizer a verdade (mas me interesso por sexo, como aliás qualquer pessoa). Sempre comi o necessário e aprendi uma lição com meu pai, que nem mora comigo e faz tempo não vejo: a gente deve sair da mesa com um pouco de fome (não da cama).

Foram tantos depoimentos. Um deles foi longo. O depoimento de Antonio.

Um dos garçons que trabalhava fazia mais de dez anos no restaurante, Antonio, chegou atrasado à . Nós estávamos desistindo, já. Mas Dr. Magreza fingiu não se incomodar (ele estava puto porque tinha prometido chegar cedo em casa). Foi bem cordial com ele. O doutor dizia que era importante, antes de qualquer depoimento, deixar a testemunha à vontade. Assim ela falava mais, de um jeito mais solto. Ele exagerava, eu achei. O pior é que depois, quando a testemunha se soltava mesmo, ele não queria registrar as bobagens. Não me cabia dar opinião. Eu era um simples escrivão em início de carreira, tinha terminado a faculdade fazia pouco tempo. O doutor deixava a testemunha livre demais. Eu sempre achei que ele devia se impor mais. Não dava medo em ninguém. Não sei por que não andava armado como delegado de filme. Outro dia, vi uma comédia na tevê e o delegado usava umas três armas, duas na cintura e outra nas costas. Mas o Dr. Magreza não usava arma. Nunca vi, pelo menos.

Voltando, o garçom Antonio chegou com medo. Deu para ver que estava inseguro. Era um senhor educado. O garçom chegou nervoso, a camiseta azul molhada de suor. Dr. Magreza ofereceu café (ele não aceitou), perguntou onde ele ia trabalhar, se gostava da profissão, se era casado, se tinha filhos, em que colégio os filhos dele estudavam, que idade tinham, um monte de coisa desnecessária. Ele ofereceu até chá para o cara (ele aceitou), eu mesmo tive de providenciar um chá de camomila.

O cara tomou o chá e pediu outro; quando vi, Dr. Magreza estava já ditando: "A testemunha relata que, na noite anterior ao crime, o ofendido dedicou-se à decoração dos pratos com peixes. O linguado era muito fresco e Chef Lidu estava preocupado em tornar o prato bonito. Colocava um fio de groselha caramelizada em cada prato e a testemunha não conseguiu deixar de pensar que aquela preocupação era exagerada. Os pedidos de peixe eram excessivos, talvez porque peixe fosse o prato sugerido, naquele dia, no cardápio. A testemunha quer esclarecer que a sugestão do dia era bacalhau. A testemunha esclarece que estavam perto da semana santa e era natural que os pedidos de peixe aumentassem."

Dr. Magreza às vezes se atrapalhava no ditado, ainda mais quando o assunto era a culinária. Na verdade, não era peixe a sugestão do dia. Era bacalhau. Depois ele esclareceu, mas achei que o depoimento ficou meio confuso. Mas não quis complicar. Não estava lá para confundir, mas para simplificar. Era o que eu pensava.

Por que eu tinha de escrever sobre a culinária? Naquele ritmo, o depoimento ia durar umas quatro horas. E o garçom ainda disse que algumas pessoas pediam bacalhau (era a sugestão ou não era?).

Sobre o bacalhau, há toda uma digressão necessária. Chef Lidu insistiu em adotar o bacalhau no restaurante. D. Darlene não queria. Bacalhau não tinha nada a ver com comida francesa. Os franceses não gostam de bacalhau (não ficou bem claro, no inquérito, se gostam ou não). Ela perguntava, quem vai pedir bacalhau? Muita gente, brasileiro gosta de bacalhau, Chef Lidu teria dito. No cardápio estava escrito *morue sautée*. Chef Lidu às vezes fazia algumas preleções no restaurante sobre origem dos alimentos. O assunto bacalhau foi mencionado em algumas, mas, no fim, ficou inconclusivo (havia muitas questões mal resolvidas na gastronomia). O bacalhau entrou no cardápio e pronto. Na semana santa, era um prato quase obrigatório.

Aí o restaurante ficou descaracterizado. Daí para a comida molecular, ou mesmo vegetariana, era um passo. Um mergulho. Chef Lidu estava à beira do precipício. Foi o que se apurou.

Tudo começou com a dieta. Talvez. Isso também foi Antonio que falou.

Tudo começou com Monalisa.

Escrevi:

"O declarante relata que Chef Lidu estava incomodado com a barriga e parou de comer nos intervalos das refeições. Parou de experimentar os pratos. O declarante acredita que essa mudança de hábitos tenha tido início com a maior proximidade que o declarante observou haver entre Chef Lidu e uma funcionária nova de nome Monalisa. O declarante informa que Monalisa era a pessoa encarregada de receber os clientes e encaminhá-los para suas mesas. Fazia seu trabalho com competência, escolhendo lugares escondidos para as pessoas mal vestidas, deixando os clientes bonitos no centro."

Dr. Magreza resolveu perguntar o que a mulher de Chef Lidu dizia da dieta e da nova funcionária. D. Darlene era casada com Chef Lidu. Bom, isso eu já sabia. Ela administrava o restaurante. Isso eu sabia, também. Todo mundo sabia. E tudo isso constou no inquérito. Eu mesmo digitei.

"D. Darlene não gostava da nova funcionária e reclamava dela a Chef Lidu, que prometia tomar providências. O declarante informa que nunca viu nenhuma cena amorosa explícita entre Chef Lidu e a nova funcionária. Ele apenas observou uma aproximação maior por sorrisos e palavras amáveis trocadas entre os dois."

O garçom disse mais: o cozinheiro espanhol teria comentado com o outro cozinheiro que Chef Lidu estava fazendo sexo com Monalisa. Chef Lidu estava tendo um caso com Monalisa. O doutor não quis colocar isso. Aí eu o chamei de lado e perguntei se não seria melhor acrescentar o detalhe do sexo ao termo de depoimento. Ele disse que a testemunha só pode contar o que viu, ela não pode contar o que supõe ou imagina. Esse era um princípio dele. Dr. Magreza não gostava de considerar palavras "de ouvir dizer".

Então ficamos com muito pouco: Chef Lidu estava de dieta, andava pra lá e pra cá com a Monalisa, D. Darlene não gostava. E o prato do dia era bacalhau. Mais nada.

Depois de alguns dias digitando depoimentos, concluí mais ou menos o seguinte:

Chef Lidu estava apaixonado pela moça que era um pouco enigmática, meio sinistra. Ela tinha o mesmo nome da *Lisa* de Leonardo da Vinci mas, enquanto *La Gioconda* era irônica e divertida, a Monalisa de Lidu causava desconforto em todos (menos em Chef Lidu). Ela não parecia ter muita estabilidade emocional, essa era a impressão geral. Às vezes, saía do banheiro chorando. Descontrolada?

Apurou-se que o que Chef Lidu mais gostava nela era sua aversão por comida, sua magreza explícita. Ela com certeza tinha anorexia, talvez fizesse dietas radicais, não se lembrava do gosto do açúcar, chegou a dizer no segundo dia de trabalho para quem quisesse ouvir, em alto e bom som. Parece que foi a única vez que ela levantou a voz. Em geral ela ficava tensa, falava baixo. Ou chorava no banheiro. Os funcionários contavam essas coisas. E havia boatos de que eles estavam apaixonados, Monalisa e Chef Lidu.

Os hábitos alimentares da moça pareciam esquisitos. Uma testemunha atenta notou que uma vez ela teria experimentado, pensando que ninguém estava olhando, a calda de chocolate e o creme branco que tinham sobrado no prato de um dos clientes. Essa foi quase que uma difamação. Nem constou do inquérito, Dr. Magreza se recusou. Boatos não tinham utilidade alguma (Dr. Magreza abominava informações "de ouvir dizer").

Esse pormenor sobre o doce — a calda de chocolate — já me predispôs contra a tal da Monalisa. O sorriso dela era como o da pintura, disseram. Ela tinha uma altivez insuportável, disseram. Só a Monalisa de Leonardo podia ser tão encantadora. Qualquer imitação seria uma ofensa ao patrimônio cultural (essa conclusão é minha).

O fato é que Monalisa era uma figura complexa e ambígua. Ninguém sabia muito sobre ela. Quando a pessoa não come na frente dos outros, é difícil gostar dela. Eu, por exemplo, não sou de comer. Mas gosto de comer cheetos, e isso já vale. Tem uma senhora que vende bolo na à tarde. Vende, não. Vendia. Ela passava e todo mundo comprava o bolo. Aquele bolo criava oportunidades para o café e as pessoas conversavam sobre dietas e problemas dos filhos e fofocavam sobre quem não estava. Era meu momento de abrir o pacote de cheetos. Aí todos comentavam sobre os malefícios do salgadinho e sobre gordura trans. E eu comia feliz, não ligo para nada disso.

Monalisa não poderia participar desses momentos.

Era uma pessoa antipática.

4

Voltando ao passo a passo: no dia dos fatos, ou melhor, na noite anterior aos fatos, D. Darlene disse que ia embora para casa. Ok, Chef Lidu disse. E ela foi. Isso aconteceu lá pelas 23 horas. Ele dormiria lá, no escritório. Muitas vezes, Chef Lidu dormia no escritório do restaurante, onde ele tinha um sofá que transformava em cama. Não era um sofá muito confortável, mas dava para dormir. Era de couro, couro mesmo, marrom, esse eu vi.

Aqui, é necessário um parênteses. Darlene viu Chef Lidu cozinhar seu primeiro arroz. Darlene tirou Chef Lidu da merda (essa palavra é provisória). D. Darlene era uma grande mulher (eu também vi). Mulher forte, larga, alta, meio gorda, tingia o cabelo de ruivo e usava túnicas coloridas. Bem maior que Chef Lidu e ficou maior ainda depois que ele emagreceu. Mas tinha tirado ele da merda, foi o que o cozinheiro mais antigo da casa, Gaspar, falou no inquérito (esse cozinheiro encontrou o corpo). Dr. Magreza, sempre educado, substituía a palavra merda por alguns sinônimos. As frases ficavam esquisitas, tipo, "tirou Chef Lidu de uma situação muito ruim", ou ainda, "tirou-o do atoleiro". Eu pensava, atoleiro, que atoleiro?

Dr. Magreza parecia ignorar que o texto do depoimento deveria corresponder à fala da testemunha. Se ela dizia merda, a gente deveria escrever merda no inquérito. Por isso a Justiça estava começando a gravar os depoimentos, a filmar. Falei isso para ele. E ele disse que a filmagem só tirava a naturalidade das pessoas. Elas estavam sendo filmadas e aí não falavam nada. A gente tinha que deixar a pessoa falar e escrever o que interessava, ele falou. Ele dizia que não se conformava com a informalidade de certas pessoas, que falavam palavrão na frente da polícia. O cozinheiro falou merda umas quatro vezes. Uma hora, Dr. Magreza não se controlou e perguntou a razão dele ficar tão à vontade. Ele respondeu que achou que Dr. Magreza queria que ele falasse tudo e merda era tudo. Ainda mais depois do chá que ele tomou. Eu também achava mesmo um pouco folgada essa atitude do cozinheiro. Não me cabia dar opinião. Tudo isso era contraditório pra mim: a pessoa devia ficar à vontade pra contar as coisas, mas devia falar com educação e a gente também deveria escrever com educação e se as pessoas eram filmadas, não falavam nada. Nem merda, nem nada.

Esse cozinheiro, Gaspar, era o mesmo que teria ouvido do cozinheiro espanhol que Chef Lidu e Monalisa estavam tendo um caso. Ou transando de vez em quando. Chef Lidu estaria enfeitiçado pela Monalisa. Só que ele não disse nada disso ao Dr. Magreza e nem mesmo ao seu escrivão, Elvis. Ele teria dito ao garçom, Antonio. É que, tendo encontrado o corpo, encontro que o qualificava como testemunha, não iria perder tempo com fofoca do cozinheiro espanhol. Então ele não contou a fofoca, falou só do corpo. Ficou muito à vontade pra falar do corpo e da barriga furada e do sangue e eu quase vomitei, embora eu também tivesse visto o corpo. Porque eu fui lá naquela manhã (ainda vou falar sobre isso).

De concreto, apurou-se que D. Darlene cuidava do dinheiro, dos registros, das compras. Gostava de palpitar no cardápio, também. Isso foi apurado. Era dela a responsabilidade pela escrita do cardápio. Trocava os cardápios de três em três meses. Dizia que era uma renovação necessária. E mais: gostava de descrição em francês. Ela pensava que Chef Lidu era francês como Alain Ducasse. Ou achava que vivíamos no período do Império e que o francês era quase que a língua oficial.

Mas logo se viu que Chef Lidu não tinha nada a ver com Alain Ducasse.

Chef Lidu era o melhor chefe da cidade. A comida que oferecia, pelo menos, era a mais gostosa. E ele era o mais gordo. Antes da dieta.

Era famoso e gordo e premiado. Depois que emagreceu, ficou só famoso e premiado.

Tenho certeza absoluta de que tudo aconteceu assim mesmo. Este livro não é um romance policial, é mais uma reportagem. Um relato mais personalizado, vamos dizer assim.

Eu não saberia escrever um romance policial. Sou muito discursivo. Gosto de fazer análises. Eu não deveria ter estudado direito.

Por outro lado, estou sendo treinado para fazer relatório de inquérito policial. É natural que eu tenha uma linguagem mais barroca, uma vez ou outra. Vícios. Vou tentar extirpar tudo isso. Procuro objetividade em meu relato. Dr. Magreza é objetivo. Ele, sim, deveria escrever o livro. Mas não quis. Ou não quer. Ofuscou-se no anonimato. Dr. Magreza sabia demais.

Dr. Magreza sabe demais.

5

Voltando aos fatos.

Prestei bastante atenção no desenrolar das coisas.

É preciso esclarecer, neste ponto, que o apelido Dr. Magreza era uma homenagem ao comissário Jules Maigret, de Georges Simenon. Não fui eu que dei o apelido (eu nem poderia, eu nunca tinha lido Simenon).

Quando comecei a trabalhar com Dr. Magreza, ele já era chamado assim. Os caras que trabalhavam com ele antes de mim deram o apelido. Um deles leu um livro de Simenon, comprado na banca de jornal, e achou que ele e o comissário Maigret se pareciam. O apelido pegou. Até na imprensa o chamavam de Dr. Magreza (às vezes). Depois, mais tarde, li *Uma confidência de Maigret*, cujo primeiro capítulo chamava-se, por coincidência, "O pudim de arroz da Sra. Pardon". Ou seja, tudo a ver com a história de Chef Lidu.

Chef Lidu acordou de manhã no escritório. Tinha dormido no sofá. A campainha tocou. Ele atendeu. O assassino entrou (talvez uma mulher?). Empurrou aquela figura sonolenta para dentro. Ele usava capacete. A entrada foi filmada por uma câmera de um prédio vizinho direcionada para a calçada do restaurante. O restaurante não tinha câmera porque Chef Lidu dizia que os clientes se sentiriam constrangidos, muitos jantavam em segredo e não queriam ser filmados. Ele já tinha pedido para o pessoal do prédio tirar a câmera. Não tiraram todas. A filmagem ficou ruim, é lógico. Mas os peritos identificaram uma pessoa com capacete e identificaram o vigia dormindo encostado à parede. Já se sabia, assim, que o vigia não poderia ter testemunhado coisa alguma, pois estava dormindo. Depois de um tempo, a pessoa saiu com sacolas, andando muito rápido e escapando à câmera do prédio. Isso aconteceu entre 5 e 6 da manhã. Nas sacolas havia carne, dinheiro e cadernos de receitas (supõe-se). Tudo isso desapareceu. Esquisito o cara conseguir levar tanta coisa.

Quando campainha de restaurante toca de madrugada, com certeza é fornecedor (essas são suposições que faço e eu posso supor o que eu quiser porque não sou testemunha). E Chef Lidu estava esperando mais peixe. Estava mesmo? Isso foi dito. Quem disse tudo isso foi o funcionário que administrava as compras do restaurante. Chef Lidu não precisava ter aberto a porta. Mas abriu (conhecia o visitante?). Estava dormindo, a campainha tocou, ele acordou e abriu a porta. Esperando o peixe. O cara entrou, ficou lá uns 25 minutos. E colocou balas no corpo de Chef Lidu. Naquele corpo emagrecido dele.

Chef Lidu vestia uma camiseta branca com os dizeres: *I love New York*. Depois se soube que ele usava aquela camiseta para dormir. Usava uma bermuda branca.

Quando o cozinheiro mais antigo chegou (o Gaspar), às 9 horas da manhã, o estrago estava feito. O corpo ensanguentado de Chef Lidu estava esparramado no chão do escritório, perto da estante vazia, onde, segundo apurado, estavam os livros de receita, alguns encadernados. Todos roubados.

Depois o cozinheiro ligou para a polícia. E para D. Darlene, não sei bem em que ordem (acho que primeiro para D. Darlene).

E o vigia adormecido não estava mais lá (meio suspeito, isso). Deve ter acordado e ido para casa. Aquele vigia se fazia de sonso, D. Darlene disse. Dr. Magreza também percebeu isso. Aí ele me disse, em uma incrível demonstração de confiança: "Vamos ouvi-lo por último, Elvis, por último". Eu quis dar uma de inteligente e perguntei: "Mas, doutor, não é bom ouvir o vigia primeiro?" Ele perguntou: "Bom pra quem, Elvis?".

Não insisti.

6

CHEF LIDU DEVE TER PENSADO: FUDEU. ELE SÓ PODE TER PENsado isso. Imagina você dormindo com sua camiseta *I love New York*, acordando para pegar o peixe e dando com um sujeito desconhecido e de capacete na sua frente.

Fudeu, é o que qualquer um pensa e fala. E o morto estava com cara de quem pensou: fudeu (depois mudo essa palavra).

Eu fui ao local do crime com o doutor.

Dei uma olhada rápida no cadáver.

Você não vai acreditar: Chef Lidu tomou nove tiros contados. Na barriga e no peito. Um deles atingiu o coração. Uma bala explodiu o coração cheio de sangue quente de Lidu. Estava no laudo, depois eu li. O vigia dormindo e Chef Lidu tomando nove tiros, um atrás do outro.

Um acontecimento incrível. Ninguém ouviu os tiros. Bom. Quem ouviu não falou nada.

Pois então. Eu fui lá porque Dr. Magreza me chamou, era minha primeira diligência externa. Prestei atenção em tudo e, chegando em casa, fiz uma lista das perguntas que precisavam ser respondidas: 1: Por que o vigia dormia quando o assassino chegou?; 2: Quem tinha fumado o cigarro que estava no cinzeiro?; 3: Quantas pessoas trabalhavam no restaurante ? (isso estava um pouco confuso); 4: Por que Chef Lidu não quis ir dormir em casa?; 5: A que horas saiu o último cliente?; 6: Quem deveria esperar o fornecedor de peixe, se Chef Lidu não estivesse lá?; 7: Por que essa pessoa não estava lá?; 8: Por que não levou as trufas negras?

7

Agora vou contar o que vi, desde o começo.

Na manhã do crime, eu me preparava para o terceiro dia de trabalho na delegacia. Peguei o metrô bem cedo porque não queria chegar atrasado. Desci na Avenida Paulista. Senti certo otimismo no ar. Boa vontade dos transeuntes. Estavam esperançosos e agasalhados. Fazia frio de manhã. Muitos já fumavam quem sabe o terceiro cigarro. Ou o segundo. Eu estava ansioso, agora entendo por quê. Alguma coisa ia acontecer.

Tinha acabado de passar no concurso de escrivão de polícia. Recém-formado em direito, minha mãe fez de tudo para eu prestar concurso público.

Gosto de pensar no que eu fazia nesse dia porque todo mundo precisou responder o que fazia naquele dia. A pergunta era clássica: "O que o senhor fazia no dia 15 de abril, entre 3 e 6 da manhã?". E as testemunhas respondiam.

Eu lia muito jornal. E lia a internet. Escrevia. Escrevia qualquer coisa. Escrevia de tudo. Às vezes, crônicas. Textos que eu chamava de crônicas. Textos que não mostrava a ninguém. E ia ao cinema. E morava com minha mãe.

Ah, uma característica física importante, se você tiver curiosidade: meu nariz é muito grande. Saliente. Algumas mulheres gostam, acham sinal de maturidade sexual masculina. Eu sou foda, fala a verdade. Esse meu nariz é útil para descobrir coisas. Meu faro é foda. Pressinto acontecimentos antes de qualquer sinal. Às vezes minha mãe acha que tenho algum tipo de clarividência, mas não é nada disso. Eu só estou aberto aos sinais da vida.

Eu uso óculos.

Minha mãe me fez prestar concurso para a polícia e eu concordei só para ela parar de me encher o saco. Isso não vem ao caso, mas, como estou aqui em livre associação, escrevo. Depois eu corto.

Estava meio desanimado porque tinha ouvido dizer que o Dr. Magreza, com quem eu ia trabalhar, ia se aposentar e não queria saber de confusão. E eu queria confusão. Risco. Desafio. Assunto para reportagens mais pesadas que queria escrever. Meu jornalismo literário. Se me dissessem que o Dr. Magreza era corrupto, ou qualquer coisa assim, eu não ia ligar, desde que tivesse adrenalina suficiente no trabalho. Não que eu fosse compactuar. Mas gosto de uma aventura. Dr. Magreza era um homem bem comum. Pelo menos eu achei, no início.

Os fatos que eu conto aqui são reais. A palavra fato já diz tudo, diz realidade.

Dr. Magreza hoje curte a vida na França. Em Paris. Ele morava aqui perto. Saiu da polícia. Ele se desligou. Usando uma expressão mais técnica, ele se aposentou. Quando terminar o livro, vou atrás dele. Quero sua opinião. Espero que ele não me impeça de publicar. Ele pode entrar até com uma ação na Justiça. Isso é o futuro, ainda não aconteceu. Por enquanto, escrevo.

Explicando. Dr. Magreza é Pedro Júlio Silveira, magro, com 1,80m de altura, 59 anos. Foi meu chefe. Meu primeiro chefe. Estudou direito e entrou para a academia de polícia muito cedo. Foi um delegado competente e honesto durante muitos anos. Casou-se, separou-se, jogou pôquer escondido e às claras (isso ele mesmo me contou), parou, fumou, parou de fumar (cigarro), teve algumas poucas doenças — entre elas, pneumonia — e estava quase se aposentando quando conheceu Elisa e com ela se casou. Depois eu falo de Elisa. Gosto dela. Nós nos identificamos um com o outro na hora. Dr. Magreza me pediu para ir à casa dele buscar uma camisa limpa. Eu fui. Aí vi Elisa. Jornalista. Sou um jornalista frustrado. Aí escrevo este relato e tudo bem, já me realizo. Vou contar agora como Dr. Magreza e Elisa se conheceram. Ele me contou e depois ela me contou, também. Contaram a mesma história com algumas poucas e desimportantes variações.

Foi durante a investigação da morte da atriz americana Norma Clark, muito parecida com Marilyn Monroe, que Dr. Magreza conheceu Elisa, jornalista inicialmente suspeita do assassinato da atriz. Parece que ela nunca foi suspeita, mas se sentia culpada e desapareceu por uns dias e depois compareceu espontaneamente à delegacia para prestar depoimento. Ela foi a última jornalista a entrevistar Norma Clark. Dr. Magreza gostou dela. Todo mundo gosta de Elisa. Sorte do Dr. Magreza.

Dr. Magreza descumpriu a regra principal de um policial: nunca, mas nunca mesmo, envolva-se amorosamente com qualquer pessoa importante para a investigação. Ele descumpriu e tudo bem, não aconteceu nada. Ele se arriscou porque logo se aposentaria e não tinha muito a perder. A não ser que ela — a jornalista — fosse culpada de alguma coisa, o que ele já sabia que não era o caso: Elisa não tinha nada a ver com a morte da atriz americana. Ela só entrevistara a atriz americana. Simples entrevista. Perguntas e respostas.

Depois de tudo elucidado — ele descobriu que a atriz tinha se matado —, Dr. Magreza convidou Elisa para jantar em um restaurante japonês. Ela era descomprometida, embora ainda tivesse um caso mal resolvido com um jornalista correspondente no Paquistão, um tal de Jonas. Depois fiquei sabendo mais sobre ele: sujeito chato. Intelectual frustrado. Elisa não ficou com ele. Sabe o que aconteceu? Ele descolou uma garota fútil e rica e dispensou Elisa. Dispensou Elisa, como se isso fosse possível.

Elisa achou o delegado Magreza um pouco careta no início, meio caído, mas, quando ela ficou sabendo que ele tinha descoberto que a atriz tinha se matado — o que ela achava esquisito, mas possível —, passou a admirar sua sagacidade (suponho). De bobo ele não tinha nada. Ele também me achou bobo e de bobo não tenho nada. Elisa chamava o Dr. Magreza pelo nome: Pedro Júlio.

Depois da solenidade em cartório que eles chamaram, seguindo os conceitos da lei, de casamento, Pedro Júlio passou a ser feliz. Dentro dele, havia uma sensação que designara, com alguma atitude, de embevecimento. Foi o que ele me contou um dia, quando paramos em um bar para tomar um *whisky* no fim do expediente. Um *whisky* que o dono do bar reservava para ele, tinha o nome dele na garrafa. Dr. Magreza gostava de tomar *whisky* naquela época. Colecionava discos de vinil. Escutava Crosby, Stills, Nash & Young e também Neil Young. Ele é um tipo meio melancólico. Que mais. Deve fazer sexo. Com certeza faz. Com Elisa. Qualquer um faria sexo com Elisa.

Mas quero contar outra história, a da investigação do assassinato do grande chefe de cozinha Lidu. É que, quando percebo, estou falando de Elisa.

Preciso me concentrar no que vi no escritório de Chef Lidu: um cadáver vestido com uma camiseta manchada de sangue. *I love New York*.

8

Dr. Magreza casou, tirou férias, viajou e começou o trabalho em marcha lenta, pretendendo não se envolver em nada muito complicado. Depois das férias, voltando ao trabalho, encontrou sua mesa limpa, limpíssima. Computador desligado. Não havia mais nada sobre sua mesa. Melhor: havia inquéritos.

Passaria a manhã examinando um por um, conferindo certidões e relatórios. Ele estava sozinho. Tinha dispensado seus investigadores preferidos. É que, com a aposentadoria, outro delegado assumiria seu posto e, se o cara fosse chato, os rapazes ficariam em situação desconfortável. E eles foram trabalhar em uma delegacia em que o delegado era amigo e tudo ficaria bem. Foi isso o que apreendi de uma conversa aqui e ali. E Dr. Magreza estava sozinho e sentiu falta de um assistente mais esperto.

E aí pensou: onde estaria o escrivão novo? Melhor: haveria um escrivão novo para trabalhar com ele? Sim, eu. Eu já estava no terceiro dia de trabalho. E ele, no primeiro dia de trabalho depois das férias.

Embora ele estivesse perto da aposentadoria, deixando aos poucos a carreira de delegado de polícia, tendo acumulado algumas glórias e feitos, não queria passar o último mês de trabalho sem um investigador de confiança. Até um cheque sem fundo merecia uma investigação correta e equilibrada e ele precisava de alguém.

Vou contar as coisas do jeito que acho que elas aconteceram, segundo apurei. Essas impressões contextualizam a coisa toda, contextualizam a nossa relação. Um sujeito perto da aposentadoria não quer estabelecer contato próximo com ninguém, penso. E foi aí que as coisas tomaram outro rumo. Nós ficamos muito próximos. Até demais. Talvez ele pense diferente e isso vou saber quando mostrar a ele o meu romance.

Naquele dia, Dr. Magreza saiu da sala e foi ao setor administrativo da Delegacia. Glória estava lá. Glória era secretária, assistente burocrática. Acho que a conversa foi assim:

— Glória, onde está o rapaz novo?

— Já devia ter chegado. É um rapaz, acabou de passar no concurso. Deve estar chegando.

— E qual é a dele?

— Com sinceridade? Mandaram a pessoa errada para o senhor.

— Por quê?

— Sonso. Ou se faz de sonso.

— Que eu posso fazer?

— Do tipo sonhador.

— Preguiçoso, você quer dizer.

— Não chegaria a tanto, o senhor mesmo está dizendo.

— Vamos ver.

— É muito cru, não vai dar certo. Sabe aqueles meninos que acreditam em um mundo melhor, mas não sabem o que fazer? Uma mistura de idealista com folgado. Vive com um livro na mão. E depois, o nome dele é Elvis. Ah, tem outra coisa. Ele tem um nariz enorme. Como é o nome, mesmo? Adunco. Ele tem um nariz adunco.

— Elvis, como o cantor?

9

O certo seria eu dedicar um capítulo inteiro à Glória. Vários capítulos. Ela é uma pessoa importante na minha formação. Na minha desinformação, melhor dizer. Porque a Glória não sabia nada de lei ou de direito. Ela conhecia a coisa em si. Ela sabia como o sistema todo funcionava. Glória tinha 40 anos. Ela completou 40 anos quando eu estava lá, na maior simplicidade. Nem fez festa. Minha mãe, quando fez 40 anos, chorou porque não tinha dinheiro para comemorar. "Mãe, não é festa de debutante. Passa um fim de semana no Guarujá e pronto!" Aí ela começou: "Se o seu pai não tivesse arrumado outra a gente estaria indo para Buenos Aires e quem sabe até Bariloche."

É que meu pai arrumou outra. E pior: o que a minha mãe não podia saber é que a outra era legal. Alegre. Minha mãe vivia emburrada. Não vou falar sobre isso agora. Esse é um texto jornalístico. Melhor, é um texto jornalístico com alguma ficção. Quase uma biografia. Biografia de Chef Lidu. Ou biografia de um assassinato. Nada de autobiografia.

Deixo as reflexões pessoais de lado. Por enquanto.

Aí o rapaz chegou. Eu cheguei. Devo ter causado impressão regular porque eu me apresentei de maneira regular. Calça estilo social, camisa de manga curta. Sapatos de couro de amarrar. Óculos (já disse que uso óculos?). Dr. Magreza teve vontade de dizer ao moço para dar meia-volta (suponho). Mas Elvis tinha presença. Sabia se comportar.

— Dr. Pedro Júlio, muito prazer, meu nome é Elvis. Ouvi falar muito bem do senhor.

(Eu queria passar boa impressão.)

— Tomando referências? Vamos entrar.

Dr. Magreza foi na frente, eu atrás.

Chegou à mesa, sentou-se atrás dos inquéritos. Depois fez um sinal para que eu me sentasse diante dele.

— Cuidado, essa cadeira é meio bamba.

Dr. Magreza deixava a cadeira ali porque detestava que as pessoas ficassem muito tempo na sua sala, conversando. A cadeira meio quebrada dava uma sensação de instabilidade interessante: a pessoa sabia que deveria ir embora logo.

Dr. Magreza fez advertências. Eu seria escrivão e às vezes investigador, tudo ao mesmo tempo. Dr. Magreza não gostava de separar muito as funções dos servidores. Todo mundo devia saber fazer tudo, ele disse. E também não adiantava reclamar de desvio de função. Podia tanto servir café como fazer relatório de inquérito e, às vezes, uma diligência externa.

— O que você fazia antes?

— Nada.

— Como, nada?

— Esse é meu primeiro trabalho.

— Não acredito. E como você pensa em me ajudar?

— O que eu preciso fazer?

— Aqui você faz tudo o que eu preciso e peço, até mesmo uma diligência externa. Vigilância, por exemplo. Não é fácil. Às vezes você precisa ficar na chuva, em frente de um edifício qualquer, encostado em um poste molhado, esperando alguém sair.

— Alguém?

— Uma testemunha, um suspeito.

— E são muitos? Acontece sempre?

A conversa estava indo para uma direção indesejada. Dr. Magreza não pretendia ser professor àquela altura da vida.

— Elvis, aqui é assim. Você trabalha em uma delegacia e nosso trabalho é descobrir crimes e autores de crimes. É como trabalhar em um hospital. Violência, sangue. Gente chorando, com medo. Você já viu alguém apanhar muito?

— Eu preciso bater, doutor?

— Não, não trabalhamos dessa maneira, não se preocupe. Tudo acontece na maior licitude, entendeu? Mas é bom você saber que às vezes uma pessoa bate em outra e nós precisamos intervir, é assim que acontece.

— Ah, melhor. Sabe, doutor, eu não tive treinamento adequado para uma pressão mais forte no criminoso.

— Ninguém tem. Mas aqui isso não acontece. Algumas tarefas são corriqueiras. De manhã você chega e faz o café. Depois pega os inquéritos e separa: em uma pilha, os que chegaram do Fórum e em outra os que vão para o Fórum. Aí você pega os que chegaram e lê as duas últimas páginas. Aí você anota em um papel a providência a ser adotada, faz um breve relatório, deixa com um clipes na capa do inquérito e pronto, é isso. Você deixa todos na minha mesa. A essa altura, eu já terei chegado, ou estarei para chegar. Começo a trabalhar nos inquéritos e você atende telefonemas, organiza minhas coisas, faz um ou outro ofício. Depois vamos almoçar, nós dois no mesmo horário. Mas não juntos.

— E que eu anoto nos papéis?

— Você não sabe?

— Não.

— Você vê a sequência da investigação, o que foi feito, o que a gente precisa fazer, o que o promotor disse. Nunca viu isso?

— Não, Dr. Pedro Júlio, eu nunca trabalhei.

— Mas você passou no concurso.

— Passei, mas nunca vi um inquérito antes.

— Ah. Bom, você faz assim, Elvis, faz de conta que está lendo um livro e só resume as três últimas páginas. Aos poucos, você aprende. A Glória explica melhor.

— E onde nós almoçamos?

— Nós?

— É, o senhor falou no almoço.

— Elvis, o almoço é cada um em um lugar. Saímos no mesmo horário, mas não juntos. A sua mesa de trabalho a partir de hoje é aqui.

Dr. Magreza foi até a sala ao lado da sua e mostrou uma mesa pequena onde eu deveria me sentar e passar os próximos meses, quem sabe os próximos anos, se tudo desse errado.

10

Elvis sentou-se na mesa velha, pequena, de madeira. Pelo menos tinha gavetas. Dr. Magreza o viu abrindo a bolsa e tirando um estojo de pano e zíper. Abriu e pegou lápis, lapiseira, borracha, apontador. Dr. Magreza suspirou. Estava na escola, ainda, o menino. Disse:

— Elvis, esqueci de uma tarefa simples, mas importante: atendimento ao público.

— O quê?

— É, Elvis, três vezes por semana você fica no balcão atendendo as pessoas, ouvindo, escrevendo Boletins de Ocorrência, dando informações, encaminhando para os lugares certos, porque, muitas vezes, as pessoas vêm aqui, mas o que elas precisam não está aqui. Depois a Glória explica melhor.

Não esperava por isso. Não tinha a menor paciência com as pessoas, não me comunico bem. Se bem que melhorei um pouco. Dr. Pedro Júlio quase me dispensou. Percebi essa quase intenção. Talvez eu fosse mais útil anotando números de identificação dos vigilantes da pracinha do bairro do que.

Naquele momento, o olhar de Dr. Magreza ficou vago e ele deve ter pensado em Elisa. Foi para sua mesa devagar. Suponho que pensou em Elisa. Eu teria pensado em Elisa. O que ela estaria fazendo? Era o primeiro dia depois das férias, ela devia estar dormindo, ainda. Não estava mais trabalhando, ou melhor, trabalhava como *free lancer*. Naquele dia ela começaria um texto sobre receitas de *brownies*. De novo Elisa. Elisa levava tudo a sério e, ao mesmo tempo, não levava nada a sério. Era uma profissional. Escrevia sobre as mais diversas receitas de *brownie* como se fossem receitas para a paz mundial. Com sinceridade.

Dr. Pedro Júlio olhou para Elvis, sentado na sala ao lado. De sua mesa, via tudo o que Elvis fazia. Trabalhava de portas abertas, então via Elvis o tempo inteiro. Viu, pela maneira como olhava os inquéritos, que ele não sabia por onde começar. Não sabia nem abrir o inquérito. Dr. Magreza provavelmente esquecera de enfatizar que um inquérito se vê de trás para frente. Isso na hipótese de não se fazer questão de entender tudo muito bem entendido. Quando a intenção era decifrar tudo, sem pressa, então a leitura deveria ser vagarosa, do início, desde a etiqueta na capa. Mas Elvis ainda não sabia disso. Ele demorava para ler aquele inquérito de 100 folhas, é verdade. Não tinha pressa.

Foi aí que o telefone tocou.

11

Quem atenderia aquele telefonema? Ele, Elvis? Uma parte de Elvis tentava entender o inquérito e outra parte prestava atenção no telefonema.

Dr. Magreza atendeu.

Era o chefe de Dr. Magreza (todo mundo tem seu chefe). Relato aqui a conversa. Uma parte, ouvi. O outro lado não pode ter sido muito diferente.

— Ô, meu querido, como vai?

— Não tão bem como você, Magrão.

— Fala logo, Gordo, que acontece?

— Chef Lidu foi assassinado. Dentro do restaurante. Balearam o sujeito.

— Puta que pariu.

— Você conhecia, não conhecia?

— Já jantei lá. Mais de uma vez.

— Quantas vezes?

— Era um velho conhecido.

— Era um restaurante muito bom? Sabe que eu não frequento lugar de bacana, Magrão.

— E é gordo do quê? (Isso o doutor não falou, inventei agora.) Foi agora, isso?

— De manhã bem cedo.

— É impressão ou você quer que eu cuide disso?

— Eu quero, não, você vai cuidar do caso. É na sua circunscrição.

— Você sabe que saio em um, dois meses, no máximo. Não vou conseguir terminar. Vou me aposentar, já falei, não falei?

— Serviço fácil. Preciso de você no começo. Você começa e, depois, se aposenta. Outro termina. Os primeiros contatos com a imprensa, você sabe como é. Depois pode até ficar mais um pouco.

Dr. Magreza ficou chocado com a notícia, percebi. Elvis percebeu. Nós dois percebemos. O telefone tocou outra vez. Jornalista querendo saber. Mas já? O doutor era esperado no local. Era sempre assim: a imprensa chegava primeiro que a polícia. Dr. Magreza disse que era cedo para falar. Falaria depois. Uma coletiva? Talvez, mas primeiro ele precisava fazer contato com a situação.

Dr. Magreza desligou e chamou a Glória. Ela entrou na sala dele.

— Glória, Chef Lidu foi assassinado. Vou até lá. A imprensa já ligou.

— Noooosssa! Coitaaaado.

— Se ligarem de novo, diz que eu chego por volta das 3.

Elvis não estava preparado para enfrentar homicídio de autoria desconhecida na primeira semana de trabalho. Violento. Aquele Elvis não ia dar conta, o Dr. Magreza deve ter pensado. Deveria chamar Chefe, Capitão e Comandante de novo?, ele se perguntou. Talvez fosse necessário. Depois. Mais tarde. Vestiu o paletó.

Eu olhava o inquérito. Tentava ler aquele inquérito com todas as minhas forças. Não devia ter mais de 100 páginas. Só de ver, de longe, Dr. Magreza já sabia que era um inquérito sobre cheques sem fundos. Eu o estudava como se fosse o crime financeiro mais grave da economia brasileira nos últimos dez anos.

— Elvis, fecha o inquérito, vem comigo. Trabalho externo!

— Opa!

— Homicídio aqui perto. Chefe de restaurante. Baleado. O caso é nosso, vamos ver o que aconteceu. Você fica do meu lado prestando atenção em tudo e não fala com ninguém, só comigo, e só faz só o que eu mandar. Entendido?

— Positivo, chefe. No primeiro dia acontecer alguma coisa assim. É muita sorte a minha.

— Não gosto de assistente ansioso. Nada de ansiedade, a ansiedade só atrapalha o serviço.

— Desculpe, doutor, mas não consigo evitar a adrenalina, não consigo.

Dr. Magreza pensou um pouco. Fazia tempo não sentia a tal adrenalina.

— No seu caso, pode ser bom. Você não estudou direito?

— Claro.

— Então vai se acostumando. Quem sabe você vira delegado de polícia.

12

Aquela frase despertou meu dilema: "Quem sabe você vira delegado de polícia."

Ser ou não ser da polícia, ser ou não ser advogado. A única dúvida que eu não tinha era que queria ser escritor. Podia ser jornalista, romancista, mas sempre escritor. Eu treinava escrevendo textos jurídicos, mas não tinha jeito para a coisa. Meus professores na faculdade me davam nota cinco porque diziam que me faltava formalidade. E eu ficava decorando expressões formais. Vossa Excelência, requer, suplica, demanda, outrossim, por derradeiro. Às vezes eles gostavam que a gente escrevesse ora. Assim: "Ora, o fato não poderia ter acontecido de diferente maneira." Ou ainda: "Ora, Excelência, é comezinho que o autor do furto raramente deixe pistas." Essa frase é uma frase de ficção. Todo autor de furto deixa pistas.

Não sei se estou conseguindo me explicar. Ora não é a mesma coisa que *oye* em espanhol, não é. Bom, eu pensava que as expressões não tinham qualquer sentido, mas não podia fazer nada. Agora, de ação eu gostava. De ação física, quero dizer. Não da ação jurídica, que até hoje não entendo muito bem (conceito genérico e abstrato). A ação de entrar em uma viatura era o máximo. Com a sirene ligada não era ação, era aceleração.

No terceiro dia de trabalho, Elvis teria a experiência sempre desejada: viatura, sirene, ação. Entraram na viatura. Dr. Magreza na frente, Elvis atrás. O motorista partiu devagar, em câmera lenta.

Elvis perguntou:

— Dr. Pedro Júlio, será que não é melhor ligar a sirene?

— Ligar a sirene pra quê? O morto vai ressuscitar se a gente chegar mais rápido?

Elvis resolveu não dizer mais nada. O motorista, quieto, dirigiu até o restaurante. Estacionou na frente. Já tinha gente lá. Pessoas do bairro, vizinhos, conhecidos. Jornalistas. Muitos jornalistas.

Desceram da viatura e Dr. Magreza aproximou-se da roda de pessoas em volta do cadáver. De onde aquelas pessoas surgiram? Foi só ele chegar que todo mundo se afastou. Meu chefe inspirava respeito.

Dr. Magreza já devia ter passado por aquela situação várias vezes: chegar à cena do crime. Dava para perceber que ele fazia isso com cerimônia.

A sensação era sempre a mesma: respeito pelo momento inicial de um trabalho sério, um respeito quase solene. Dr. Magreza procurava, naquele momento, esvaziar-se de preconceitos e opiniões preconcebidas. Queria sentir tudo como se fosse a primeira vez, como se fosse seu primeiro trabalho. Olhou para Elvis e teve inveja. Deve ter tido. O olhar era de inveja. A inveja do inocente. Aquele era o primeiro dia de trabalho de verdade de Elvis e Dr. Magreza queria ter seus olhos e estar dentro dele para perceber tudo como se fosse a primeira vez.

As primeiras impressões.

13

Dr. Magreza e seu assistente Elvis, o primeiro à frente, abriram caminho entre as pessoas e entraram no restaurante escuro e frio (o fotógrafo também estava com eles, tinha acabado de chegar). Elvis sentiu frio ali dentro, o frio da morte. Foram direto para o escritório, onde, já sabiam, estava o corpo.

    O corpo baleado estava no chão do escritório do restaurante. A camiseta que cobria o tronco de Chef Lidu estava furada. O morto tinha um rosto tenso, assustado, espantado com a própria morte. Elvis percebeu que a barba estava por fazer e que Chef Lidu tinha uma corrente de ouro no pescoço, com uma medalha de santinho pendurada. Uma corrente fina. Aquela corrente contrastava com a camiseta em que estava escrito *I love New York*. Aquela corrente contrastava com os tiros na camiseta. Aquele santinho não tinha protegido Chef Lidu. Quantos furos? E ele usava uma bermuda branca. E estava de tênis. Estranho ele estar de tênis. Será que tinha dormido calçado? Ou ia sair? Esperava alguém? Elvis pensou nisso porque Elvis era um assistente inteligente e preparado. Perguntas não lhe faltavam.

— E então, Elvis, o que você acha de tudo?
— Tudo?
— É, tudo.
— Nada, doutor.
— Nada?
— Desculpa, doutor, estava aqui pensando em um filme que eu vi, *O Poderoso Chefão*. Não acho nada. Sei que uma barriga foi baleada, só isso.
— Uma barriga toda furada.
— O senhor já viu muitas?
— Não com tantos furos. Qual deles foi o primeiro?
— Boa pergunta. Eu não saberia dizer.
— Precisa estudar mais. O primeiro foi o do coração, você precisa saber. O primeiro tiro já fez o serviço. A questão que se coloca é: por que os outros tiros? E por que Lidu dormiu no restaurante? Por que ele abriu a porta?

Dr. Magreza se esforçava para falar. Compartilhar não era o forte dele.

No escritório do restaurante, estava a mulher de Chef Lidu, Darlene, em pé, feito boba, parada perto da mesa, em estado de choque (aparentemente em estado de choque).

Quando ela viu Dr. Magreza, foi ao seu encontro e o abraçou com força. Ele correspondeu. Elvis estranhou aquela intimidade. Então eles se conhecem. Elvis constatou: eles se conheciam. Ela chorava e dizia:

— Pedro Júlio, como isso foi acontecer?
— Sinto muito, Darlene.

Ela chorava mais:

— Mas que violência, que violência!

Ela chorava mais.

— Da última vez que você veio aqui ele ficou tão contente. Quis ele mesmo preparar seu prato, linguado à normanda. Ele caprichou no champignon.

Dr. Magreza deve ter pensado no peixe porque seus lábios se mexeram um pouco. Então ele a afastou. Ela perguntou:

— Você está no caso, não está?

— Parece que sim. Não sei se devo conduzir a investigação, Darlene. Nós nos conhecemos.

— Nem tanto, Pedro Júlio. Nós nos conhecemos um pouco melhor do que a maioria das pessoas, só isso.

— Mas nós temos uma amizade.

— Não, nós tivemos uma amizade. Você era um freguês querido, só isso.

Dr. Magreza não contava com a crise da viúva, não contava com aquela cena. Não esperava tanta proximidade. Um abraço quase escandaloso.

14

Elvis pergunta-se que tipo de relação haverá entre eles. Ela o chama de Pedro Júlio. Ele fala Darlene, soletrando cada sílaba: Dar-le-ne.

Imagina Dr. Magreza no restaurante, sentado em uma mesa de canto, sozinho, bebendo um *whisky* antes do jantar. Chef Lidu aparece, todo de branco, para recebê-lo. Naquele dia, o amigo nota a brancura da roupa do chefe de cozinha. Os cabelos brancos e cheios estão despenteados, como sempre, talvez porque ele tenha acabado de tirar o chapéu, ou o lenço, que sempre usa. Elvis imagina e a cena torna-se real.

— E então, meu amigo, quais os últimos acontecimentos abomináveis? O que nos prepara o maravilhoso ser humano dessa vez? Muitos crimes, violência?

— Nenhuma novidade, caro amigo. A única nova, e talvez nem lhe interesse, é que hoje é meu aniversário. Completo anos vividos na máxima plenitude. E aqui estou, para comemorá-los.

— Muito me honra sua escolha.

Dr. Magreza ainda não tinha encontrado Elisa. Dr. Magreza estava sozinho. Aquele restaurante era sua família.

Chef Lidu serve, de cortesia, um *cognac* raríssimo: *Louis XIII*. Às vezes, esse *cognac* fica envelhecendo por cem anos. Custa muito caro e Chef Lidu não serve aos clientes. Bebe com os melhores amigos e Dr. Magreza sente-se muito honrado em saborear aquele *cognac* com Chef Lidu.

Alguma coisa falta. Elvis não consegue ver Chef Lidu. Ele tenta imaginar a cena. A vítima está entre nuvens.

Dr. Magreza deve ter se lembrado desse e de outros momentos quando enfrentou o olhar de Darlene. Percebi alguma hesitação no olhar de Dr. Magreza (Elvis percebeu). Ela usava um vestido largo, azul, que mostrava os braços gordos e sardentos. Darlene tinha muitas sardas.

— Darlene, sinto muito.

— Eu sei, Pedro Júlio. Estou despedaçada.

— Você sabe, estou a serviço.

— Eu sei, não precisa repetir, estou vendo a viatura. Mas e agora, o que eu faço?

— Você mexeu em alguma coisa no restaurante?

— Não, cheguei agora pouco. Não mexi em nada. Coitado do meu Lidu. Ele dormiu aqui essa noite.

— Você desconfia de alguém?

Darlene olhou para Dr. Magreza e disse:

— Não, pelo menos não assim, de cabeça.

— Ele tinha algum inimigo, estava brigando com alguma pessoa?

— Não que eu soubesse.

— Alguma coisa de diferente?

— É. Não. Mas isso não importaria.

— O quê?

— Ele estava de dieta, emagreceu muito, você não percebeu? Estava participando de um grupo de apoio para perder peso.

— Verdade? Depois anotaremos tudo isso.

— É, isso estava mexendo com a cabecinha de Lidu.

— Não era a dieta da proteína, era?

— Por quê?

— A falta de carboidrato pode ter deixado Lidu de mau humor, ouvi que pode acontecer.

— Não, não era essa dieta.

— E os funcionários? Algum novo?

— A equipe é a mesma. Só uma funcionária nova, uma moça.

— Moça? Mas ele não gostava de mulheres no restaurante.

— Esse tempo passou, meu amigo. Lidu queria começar a trabalhar com moças e me pediu que encontrasse uma. Trabalha aqui há quatro meses. Você nunca viu?

— Não percebi, mas fazia tempo eu não vinha. Elisa gosta de cozinhar, você sabe.

— Elisa? Pensei que ela não fritasse um ovo.

— Não vamos perder o foco, Darlene. Casada?

— A funcionária? Acho que noiva.

— Como ela é?

— Esperta. Você desconfia dela?

— Não, Darlene, como vou desconfiar de uma pessoa que nunca vi? Sou obrigado a perguntar tudo. E o noivo, vem sempre?

— Às vezes ele aparece. Vem buscá-la à noite.

— E você gosta dela?

— Olha, vou falar uma coisa pra você: ela é esquisita. Ela e Lidu estavam muito próximos.

— É magra?

— Magérrima. Lidu simpatizava com ela. Um pouco demais para meu gosto. Estavam muito próximos, sabe?

— Estranho.

— É. Ele gostava dela, sabe? Estava encantado.

— E que ela fazia?

— Recebia os clientes e os levava à mesa. Foi a primeira vez que Lidu aceitou colocar uma mulher atendendo clientes. Os garçons não gostaram. Os clientes estranharam. Às vezes ela sentava as pessoas nos lugares errados. Um casal elegante e bem vestido em uma mesa de canto, por exemplo. Ou o contrário, colocava alguém mal vestido em uma mesa central. Eu sempre dei a ela uma orientação diferente, mas ela não me obedecia. Só tinha olhos para Lidu. Acho até que ela errava de propósito, para me desagradar.

Enquanto explicava, D. Darlene se acalmou. De repente, ficou tranquila. Não se alterou quando entraram no escritório para fotografar o corpo baleado de Lidu. O fotógrafo era rápido, fazia um monte de cliques, bom profissional, achei. Impessoal. Não parecia incomodado com o cadáver. O único incomodado, até o momento, era eu. Por que ninguém cobria o corpo?

Elvis observava a cena, a conversa entre o doutor e a dona, que, aliás, não lhe pareceu nada normal. Achou o tom um pouco forçado, para dizer a verdade.

— Você tem os endereços de todos os funcionários, não tem?

— Claro, Pedro Júlio, tenho tudo muito organizado, você sabe.

— E você, Darlene? Onde dormiu?

— Em casa. Eu fui pra casa ontem. Ele quis ficar, chegaram uns clientes tarde e ele ficou.

— E a moça nova, ficou também?

— Ela foi comigo, os outros garçons ficaram. O noivo veio buscar de moto, eu vi saindo.

— Como é o nome dela?

— Monalisa.

— Sei. Como *La Gioconda*.

Dr. Magreza examinou bem o lugar, a escrivaninha, o corpo largado, o tapete estampado, estilo oriental. Na parede, estavam fotografias de Chef Lidu com artistas da tevê e do cinema, alguns estrangeiros. Políticos, jogadores de futebol, gente bacana frequentava o lugar. Dr. Magreza examinou cada detalhe do escritório, orientando o fotógrafo.

— Bom, Darlene, o corpo vai ser examinado, uma perícia precisa ser feita. Entrarei no restaurante, na cozinha, no salão. A perícia está chegando.

— O fotógrafo não é perito?

— Não, os especialistas vêm tirar impressões digitais, pegar materiais para exame. Acho melhor você ir para casa. Não vai ajudar nada aqui.

— Você entra sozinho?

— Por enquanto. A gente se vê depois, agora vou entrar. Elvis, vem comigo. Não saia da cidade sem avisar. Preciso colher seu depoimento formal.

— É necessário?

— Claro, Darlene, você deve ser ouvida logo.

15

Dr. Magreza entrou no restaurante ainda desarrumado da noite anterior. Era desagradável ver um lugar público quando estava fechado. Quando ninguém estava olhando. Toalhas brancas meio sujas, flores murchas, copos sujos. Dr. Magreza estranhou que não tivessem limpado tudo. Pensou que Lidu impusesse disciplina, que tudo ficasse brilhando antes de o restaurante fechar.

No balcão do bar, Dr. Magreza viu um cinzeiro com uma bituca de cigarro (agora entra o cigarro). Era proibido fumar em restaurantes e aquele cigarro chamou atenção. Chef Lidu não teria permitido que um cliente qualquer fumasse. Dr. Magreza chamou o fotógrafo. Pediu fotografias do balcão e de tudo o mais. Não disse nada sobre o cigarro, mas, ao recomendar a fotografia do balcão, intuí que o cigarro havia chamado sua atenção.

Dr. Magreza voltou ao escritório de Chef Lidu. Nunca tinha entrado lá antes. Só naquele dia, o dia da morte de Lidu, conheceu seu escritório. Ficou triste, de repente, por nunca ter sido convidado a entrar naquele lugar. Isso significava que não eram tão amigos. Se não eram tão amigos, podia investigar o crime, é claro. Mas ainda havia Darlene. Dr. Magreza pensava em tudo isso quando D. Darlene apareceu na sala. Aproveitou para perguntar:

— Você não vai embora?

— Não consigo sair sozinha.

— Vou pedir para Elvis te acompanhar.

— Não precisa.

— Darlene, o cigarro no balcão. Você sabe quem fumou ontem à noite?

— Não. Lidu não fumava mais.

— Você fuma, Darlene.

— Mas não fumei no restaurante.

— Estranho. Alguém deve ter ficado aqui ontem à noite. E o que foi roubado, você sente falta de alguma coisa?

— Ainda não pude ver. Vou olhar com calma.

Darlene fez uma ronda no imóvel. Dr. Magreza a acompanhou. Ela sabia onde procurar. Foi ao cofre que ficava no escritório, atrás de um quadro, uma paisagem no campo. O cofre abriu com facilidade, não estava trancado. Ela abriu.

— O cofre está aberto, não foi arrombado. Lidu deve ter aberto. O dinheiro não está mais aqui. Não vi os cadernos de receitas. Vamos à cozinha.

Na cozinha, ela examinou armários e freezers.

— Levou *filet mignon*. Esquisito, não é? As trufas, muito valiosas, ficaram. Você não acha isso estranho?

— Todo homicídio é estranho. Depois que acontece é óbvio, mas é preciso que alguma coisa dê muito errado para que uma pessoa consiga matar outra.

— Ah, Pedro Júlio, lembrei de uma coisa. Não sei se é importante.

— Tudo é importante, Darlene.

— Não sei se conto. Você não guarda segredo. E o restaurante precisa continuar., o que quero contar pode atrapalhar a reputação da casa.

— Então não conta, Darlene, não conta. Não vou poder guardar segredo e também não quero ouvir como amigo. Se sua informação for importante, vai aparecer. Logo você é ouvida e conta o que quiser.

— Você é teimoso, Pedro Júlio. Eu preciso de um amigo.

— Não sou seu amigo, Darlene. Pelo menos agora não sou. Por que você não vai para casa? Não preciso de você agora.

— Se é melhor, eu vou. Quando você acha que o corpo vai ser liberado?

— Ih, isso demora. Faça seus telefonemas, convide as pessoas, planeje o enterro.

— Você é frio e calculista.

— Só estou fazendo meu trabalho.

— Até mais, então, espero que você descubra logo quem matou Lidu. Eu confio em você, só em você.

— Elvis vai acompanhá-la.

Darlene saiu da sala nervosa. Elvis foi com ela.

Dr. Magreza disse:

— Elvis, acompanhe Darlene até a casa dela, com a viatura, e volte logo.

Tentei reproduzir a conversa, não sei se consegui. Às vezes tenho a impressão de que escrevo uma novela meio melodramática, mas fazer o quê? Minha memória registrou o diálogo desse jeito.

Eu me senti importante acompanhando D. Darlene até a casa dela. Entramos na viatura, ela na frente, eu atrás. O motorista dirigiu, quieto. Aí, na frente do prédio, antes dela sair do carro, falei:

— D. Darlene, o Dr. Magreza é muito ético, a senhora deve saber. Mas comigo a senhora pode ficar tranquila.

— Tranquila?
— É... tranquila.
— Como assim, tranquila? O que você quer dizer?
— Eu guardo segredo.
— E por que eu contaria algum segredo a você?
— Guardo segredo para todos. Menos para o meu chefe. Eu posso contar a ele. Se interessar, é claro.
— Você contaria?
— Contaria e não contaria, entende? Em *off*, sabe?
— Não sei, não estou entendendo.
— Conto, mas juro que não conto. Não tenho uma palavra muito firme, sabe? Dizem que não sou confiável. Eu não sou verdadeiro.
— Você é esquisito. Qual é o seu nome mesmo?
— Elvis.
— Como o cantor?
— Talvez.
— Sua mãe gostava de Elvis? Do cantor, quero dizer.
— Acho que sim. Nunca perguntei. Minha mãe é o tipo da pessoa pra quem a gente não deve dar muita corda. Mas ela ouve rock, então devia gostar.
— Sei. Bom, Elvis, você ouviu minha conversa com Pedro Júlio. Eu queria desabafar, mas ele não quis ouvir.
— Não é que não queira. Ele não gosta de misturar as coisas, só isso. Mas a senhora pode confiar em mim, eu guardo a informação e junto com outras, faço um serviço de inteligência, sabe?
— Não, não sei, mas quero muito que Pedro Júlio saiba o seguinte, se você puder fazer o favor de contar. Lidu estava com a cabeça muito complicada. De dieta, frequentando grupo de emagrecimento, com ideias vegetarianas. A última é que ele queria fazer um prato com formigas.

— Nossa. A senhora já comeu?
— Nunca. Sabe qual formiga? Tanajura. Você imagina, Elvis, um prato com formigas? Perderíamos os fregueses.
(O motorista da viatura ouvia tudo aquilo, quieto.)
— Será?
— Claro, isso descaracterizaria nossa *brasserie*. Tudo bem que as soluções da culinária moderna exigem a diversificação. Mas era demais, formiga não! Elvis, você não imagina o que é formar uma clientela. São anos de trabalho duro, escolhas refletidas de cardápio. Ele pirou, o Lidu. Não queria mais saber da comida da Borgonha, não queria mais ir à França visitar os colegas, ele estava arredio e isso estava atrapalhando os negócios. Mas você não tem nada a ver com isso. Vou conversar com Pedro Júlio.
— Ele só quer ouvir a senhora no inquérito. Não está a fim de conversinha em off.
— Elvis, você já foi à França?
— Não.
— Você não viu o mundo, Elvis. Na Borgonha, você pode fazer passeios pelos canais, observar jardins de gerânios, castelos. É maravilhoso.
— E...
— E o quê?
— E que isso tem a ver com Chef Lidu?
— Tem que ele não queria mais ir. Tirou o *boeuf bourguignon* do cardápio.
— O quê?
— Tirou. Manteve os vinhos porque ele mesmo não passava sem seu Beaujolais, mas teria tirado, não fosse isso. Ah, deixou também no couvert o pão de queijo *gruyère*. Elvis, nosso cardápio estava uma confusão. Nem mais queijos ele queria servir. Você pode imaginar um restaurante francês sem queijos? Sem *brillat-savarin*?

— Não, isso nunca.

— Sabe, passei anos colecionando informações sobre a incorporação da culinária francesa pela cozinha brasileira. Pesquisei cardápios do tempo do império. Incorporei algumas receitas ao cardápio, como *sorbet aux bordeaux*, *soufflé de foie gras*.

— É, mas agora o *foie gras* está proibido, a senhora sabe.

— Claro que sei, Elvis. Mas, aqui entre nós, para um cliente ou outro, ainda servimos. Servíamos. Ah, e tem outra. Acho que todo mundo já sabe. Lidu frequentava, também, um grupo de corrida. Estava ficando viciado, no dia em que não corria, ficava insuportável, de mau humor, tenso e ansioso.

Corrida. Um cara da idade de Chef Lidu correndo na rua. Eu não conseguia entender esse desgaste físico. Bruce Lee eu compreendo. Artes marciais eu compreendo. Pilates eu compreendo. Ping-pong. Mas corrida, não. Aí me lembrei que ele estava de tênis quando morreu. Será que ia correr? Às 5 da manhã? E por que não?

— D. Darlene, a senhora já falou demais, melhor descansar, já está alucinando.

— Boa noite, Elvis. Foi um prazer conhecê-lo.

A conversa tinha sido muito produtiva. Eu tinha boas ideias de como conduzir a investigação. Fiquei com a sensação de que seria um bom colaborador. Dieta, corrida, perda de barriga, tanajuras, cigarro no balcão: as informações começavam a fazer sentido.

Elas nos levariam à verdade, eu tinha certeza. A culinária tinha uma importância na compreensão histórica do homicídio.

16

Enquanto eu levava D. Darlene em casa, Dr. Magreza continuou inspecionando o restaurante meio sujo, amanhecido. Só o salão estava desorganizado. A cozinha, não. Moderna e bem equipada, limpa, quase imaculada. Chef Lidu não gostava que os funcionários saíssem e deixassem a cozinha por arrumar. Cada coisa no seu lugar, as panelas penduradas em ordem de tamanho. Às vezes, quando escrevo, parece que estou vendo uma novela de televisão na minha frente. Seria cômico, se não fosse trágico.

Dr. Magreza observou uma pilha de livros de culinária improvisada em um banco de madeira encostado na parede. Ele devia estar usando aqueles naquela semana. Sobre a mesa central, estava o menu de sobremesas. O doutor não conseguiu deixar de olhar. Gostava de doces. Era magro e gostava de doces. Diziam que era magro de ruindade, mas não. Era magro porque era magro. Só por isso. Colocou suas luvas. Não queria mexer nas coisas e deixar impressões digitais. Abriu o menu e viu uma sobremesa nova: pudim de coco. Restaurante francês com pudim de coco? Era normal? Pudim de arroz era francês, mas não de coco.

Ficou com vontade de comer pudim de coco. O pudim devia estar na geladeira. Algum pedaço devia ter sobrado. Ele estava em serviço, não ficaria bem comer o pudim. Ele nem mesmo poderia comer o pudim. Isso alteraria a cena do crime. Mas ninguém estava com ele naquele momento. Nem Elvis. Não se deixaria levar, não comeria o pudim. Abriu a geladeira. Havia muitas geladeiras e uma delas devia guardar aquele pudim, o doce de abóbora, o quindim, a *mousse* de chocolate. Abriu. Errou. Deu de cara com alfaces e salsinhas e tomates. A geladeira das saladas. Abriu a outra geladeira. Lá estava o pudim caramelizado. Fechou rapidamente, antes que a tentação gritasse com ele. Dr. Magreza sentiu impulso de jogar. Estava trabalhando. Ainda estava em serviço. Não podia comer, não podia jogar.

Dr. Magreza sabia que a comida francesa era patrimônio cultural da humanidade. E sabia, também, que a cozinha estava se atualizando, modificando. Mas não esperava encontrar pudim de coco na geladeira. Uma fruta brasileira típica. Lidu nunca lhe oferecera a iguaria. Não a provaria sem ele.

Voltou ao escritório de Chef Lidu ainda com vontade de comer o pudim que nunca experimentara no restaurante. Uma sobremesa nova. Pegou a manta de tricô colorida que cobria o sofá em que Chef Lidu dormira (se é que ele dormiu naquela noite) e cobriu o cadáver.

17

Dr. Magreza não estava nem aí para descobrir o assassino de Chef Lidu, eu achava. Isso eu vejo com clareza hoje. No início, ficou curioso. Depois passou a cumprir burocraticamente os passos da investigação. Eu o achava melancólico. Nunca mais comeria naquele lugar da maneira como comeu inúmeras vezes. Da última vez, nem tinha pedido seu prato predileto, camarão com queijo brie e amêndoas. Era muito caro. Se ele soubesse que Lidu morreria sem avisar, teria pedido o prato. Outros eram muito bons, até mesmo *omelette aux fines herbes*.

Dr. Magreza andou pelo restaurante. Tirando o cigarro no cinzeiro do balcão, nada a anotar. O cofre aberto atrás do quadro. Haveria uma arma no cofre junto com o dinheiro?

Dr. Magreza não podia pensar em cadáver sem pensar na expressão: corpo de delito. Corpo de delito é o próprio corpo do delito.

O escritório tinha uma escrivaninha de madeira com pernas finas, uma poltrona e um sofá. O travesseiro ainda estava ali, Chef Lidu tinha dormido naquele sofá de veludo azul. A colcha agora cobria o corpo. Dr. Magreza não queria encarar o amigo naquela posição incômoda, morto. Um dia, quem sabe, se encontrariam, se houvesse um depois. E perguntaria: "Lidu, por que o pudim de coco?"

Os quadros na parede pareciam trabalhos caros (com exceção do quadro que cobria o cofre). Dr. Magreza sabia reconhecer um artista plástico de verdade. As fotografias eram muitas, de pessoas conhecidas. Não sabia que Lidu colecionava fotografias de clientes famosos. Era mais vaidoso do que parecia. Resolveu dar uma olhada mais cuidadosa na escrivaninha. Gavetas trancadas.

Dr. Magreza olhou para uma fotografia de Darlene na escrivaninha de Lidu. Sentiu um calor forte e repentino. Afrouxou o nó da gravata puída. Ele usava ternos rotos, envelhecidos. Os ternos, para ele, eram como uma segunda pele. Precisava deles para trabalhar e aquele cinza era o seu preferido. A gravata azul estava muito gasta, bem no lugar do nó. Ele alargou aquele nó.

Darlene sorria para a câmera.

Então ele se lembrou do tempo em que se conheceram, anos atrás, antes de Lidu entrar no circuito. Darlene estudava direito. Ela era formada em direito, não podia se esquecer disso. Conhecia as leis, pelo menos tinha noções básicas das leis. Fazia muito tempo. Darlene tinha sido caloura de Dr. Magreza na faculdade. Chegaram a namorar. Lidu nunca soube. Depois de anos, voltaram a se encontrar, quando ela já estava casada com Chef Lidu. Dr. Magreza foi ao restaurante por coincidência, quando Lidu não era famoso, e Darlene estava no caixa. Naquela época, o restaurante tinha caixa.

Darlene tinha sido uma mulher maravilhosa. E Dr. Magreza deve ter se lembrado de que ela fumava. O cigarro esquecido no balcão. Ela não tinha ido embora mais cedo? Será que tinha voltado ao restaurante?

As dúvidas começaram a incomodar Dr. Magreza. Aquele não era um dia bom. Ficou enjoado. Onde estava Elvis?

18

Voltei ao restaurante de repente e interrompi os devaneios do Dr. Magreza. Ele até tomou um susto.

— Doutor, tive uma ótima conversa com D. Darlene. Tive de usar um certo subterfúgio.

— Você não tem estatura para isso, Elvis, você nunca trabalhou na polícia, será que preciso lembrar a você a todo tempo que é inexperiente?

— Dr. Magreza, eu é que lembro o senhor que, em uma investigação criminal, pelo que eu saiba, pelo menos vi nos filmes e li nos livros, a inocência no modo de ver as coisas é tudo. Um investigador não pode ter ideias preconcebidas. Deve ver as coisas com olhos de criança.

— Elvis, qual é seu signo?

— Do zodíaco?

— Claro.

— Virgem. E o senhor?

— Também sou de virgem. Mas eu não entendo nada disso.

— Nem eu, o senhor é que perguntou.

— Minha mulher pensa muito nessas coisas e acabo perguntando porque já sei que ela vai perguntar à noite. Mas pode continuar.

— Quer que eu conte o que aconteceu?

— Sem rodeios. O que Darlene disse?

— Eu prometi a ela que contaria ao senhor. Era o que ela queria, então eu prometi. Nossa, tivemos uma longa conversa.

— Tudo bem, Elvis, já sei. E o que ela contou?

— Contou que Chef estava planejando uma grande mudança para o restaurante. Ele falava muito em diversificar.

— É?

— É. Estava planejando uma alteração radical. Um restaurante voltado para a saúde. Um restaurante vegetariano. *Vegan*, como se diz. E mais uma coisa. Ele queria servir insetos em alguns pratos do menu. Dizia que os insetos têm proteínas. Formigas crocantes. Tanajuras. O que o senhor acha disso?

— Não acredito.

— Foi o que ela disse. Acredite se quiser.

— Você não está exagerando?

— Eu não.

— E como ela via a coisa?

— Estava achando estranho.

— Essa história está cada vez mais complexa. E que mais?

— Ele fazia regime e treinava corrida.

— Corrida? Não consigo imaginar. Ele às vezes me parecia tão bufão.

— Tão o quê?

— Bufão, Elvis, você não sabe o que é um bufão?

— Ah, claro que sei, doutor, é que não tinha entendido. Tudo bem. O que o senhor acha que devemos fazer? Qual o próximo passo?

— Por enquanto, nenhum. Se eu não a conhecesse, faríamos uma busca na casa deles.

— Uma busca?

— É, busca e apreensão, você nunca ouviu falar disso? Da procura? Você não fez faculdade de direito, Elvis?

— Fiz, mas essa parte não estudei muito bem. Processo penal nunca foi meu forte.

— E você gostava do quê?

— Eu? Acho que de direito civil. Posse, propriedade, essas coisas.

— Olha, Elvis, acho que você gostava de filosofia do direito, que, aliás, não serve pra nada. Fique sabendo de uma coisa: filosofia do direito não serve pra nada.

— Eu já imaginava. Mas agora eu vou me interessar por direito penal. Uma dúvida que eu sempre tive, Dr. Magreza. E se nada for apreendido na busca, ainda assim o nome da diligência é busca e apreensão?

— Boa pergunta, Elvis, todo mundo sempre quer saber isso. O nome técnico é muito dogmático. Busca e apreensão é uma medida cautelar de natureza coativa. O Código de Processo Penal fala em busca e apreensão, tudo junto. Sabe, a casa sempre teve proteção, nunca foi correto entrar na casa dos outros sem avisar. Muito antigamente, quando o próprio ofendido perseguia o autor do furto, ele mesmo podia entrar na casa e pegar a coisa. Ele precisava procurar a coisa certa.

— É? Quando isso?

— Ih, há muito tempo, desde a Lei das XII Tábuas, no direito romano, antes de Cristo. Você não estudou direito romano, Elvis?

— Olha, Dr. Magreza, mesmo que eu tivesse estudado, não teria prestado atenção. Não me ligo muito no passado.

— Erro seu. Se estudasse o passado, entenderia melhor o presente. Pouca coisa mudou.

— E vamos fazer essa busca e apreensão? Para encontrar o quê? O senhor vai pedir para o juiz?

— Pois é, ainda não temos motivo suficiente para uma busca na casa de Darlene. Por enquanto, não vamos fazer nada. Muita coisa precisa acontecer, ainda. Instauração do inquérito, distribuição no Fórum, conversas com o promotor.

— Pensei que assassinato já fosse suficiente para qualquer coisa. E a busca não será na casa de Darlene, mas da vítima.

— Bem, a vítima precisa ser sempre investigada, o ofendido ainda é pouco estudado na criminologia. Mas vamos preservar Lidu, por enquanto. Pedir a diligência para o juiz, conversar com o promotor, fazer com que ele concorde. É uma lenga-lenga necessária. Mas sabe de uma coisa, Elvis? Vou entrar na casa de Darlene sem autorização nenhuma.

— Desculpe, Dr. Magreza, mas isso o senhor não pode fazer. Ou vamos vazer mesmo assim, sem ordem judicial?

— Calma, Elvis. Conheço meu serviço. Vamos entrar pela porta da frente, tocando a campainha. Darlene vai me convidar a entrar.

— Então não será uma busca. Será uma visita não oficial. E se o senhor encontrar alguma coisa, não vai poder apreender. Sabe, doutor, não estamos dentro de um filme americano.

— Não, ainda bem que você tem essa noção. Sabe de uma coisa, Elvis? Você pergunta muito. Primeiro, estude processo penal. Não quero mais saber de você ao meu lado se estiver despreparado. É melhor estudar. Leia a lei, o código inteiro, depois venha conversar comigo.

— A lei até que eu conheço bem. Não estou é muito por dentro da prática.

— Uma coisa não existe sem a outra, Elvis. Chega. Não tenho mais paciência para explicar. Decore o código. Todos os dias quero ouvir dez artigos de cor. Tudo bem?

Fui obrigado a concordar. Aquilo tudo era novidade para mim. Meu curso não foi dos melhores. Os professores entravam na classe e ficavam falando, falando, repetindo leis, dando exemplos. Não tive prática. Sou como um médico que nunca entrou em uma sala de cirurgia. Para o concurso de escrivão, estudei. Mas não tinha vivência.

Dr. Magreza repetiu:

— Tudo bem?

— Positivo, vou começar hoje mesmo.

— Melhor. E que mais ela falou?

— Falou sobre formigas. Formigas fritas. Tanajuras.

— Isso você já disse.

— É, tanajuras são umas formigas comestíveis. Ele queria introduzir isso no restaurante.

O doutor fez uma cara estranha e olhou para o cadáver no chão, coberto com a colcha de tricô.

— Doutor, não vão tirar esse corpo daí? É horrível.

— Ih, isso demora. O corpo fica horas na cena do crime, Elvis. E fica. E enquanto fica, tudo fica. Tudo está. A morte. O fato consolidado. A gente olhando o morto. Mas uma hora ele vai. E aí tudo começa a reacontecer.

Eu não sei por que, naquele momento, a imagem do assassinato de Kennedy me veio na cabeça. Eu não me cansava de ver aqueles tiros, tinha um DVD com as imagens. O que mais me impressionava era a transição entre os momentos de festividade, o presidente acenando, e o terror se instalando, a surpresa, o choque. Os miolos do presidente no colo de Jackie. Dr. Magreza me tirou dos pensamentos macabros.

— Vamos embora, Elvis, a perícia faz o resto.

— Doutor, eu queria muito ver tirarem o cadáver daqui.

— Mas pra quê, Elvis?

— Sei lá, curiosidade mórbida.

— Elvis, a curiosidade, no nosso trabalho, está dirigida para a solução do caso. O cadáver importa só se ele der alguma pista. A pessoa morreu e acabou, entendeu? Fim. Os peritos farão muito bem o seu trabalho e você agora volta para a Delegacia.

— Quais os próximos passos?

— Agora você vai para a Delegacia e continua fazendo aquilo que eu falei pra você fazer hoje cedo. Tem muito inquérito para olhar. Não esquece a lição principal: o trabalho do dia a dia, o trabalho miúdo, sabe? Esse é o mais importante. Carregar o piano, sempre.

— Como assim?

— Carregar o piano é uma expressão que usamos para falar do trabalho diário, comum, que deve ser feito e não aparece. O sujeito que carrega o piano não aparece. Pessoas vaidosas não gostam de carregar o piano. Gostam de holofotes.

— Eu não gostaria, também.

— De quê?

— De só carregar piano.

— Já eu gosto. Gosto do trabalho anônimo, diário, quase mecânico. Você vai entender. Um dia. É só você quebrar a cara e vai querer um piano bem grande para carregar. Agora, aos inquéritos.

— Mas Dr. Magreza, as coisas estão explodindo e o senhor me manda carregar piano! Aqueles casos são muito simples, já fiz quase tudo.

— Olha e confere inquérito por inquérito. Um por um. Os casos são simples, mas um caso daquele conta tanto, na estatística, como outro processo com quinze volumes. Vê se não esquece disso. E é pra isso que você trabalha, para manter a roda girando, para a coisa caminhar, para minha mesa ficar limpa e eu poder pensar, entendeu?

— Entendi, não precisava ser tão claro.

E fui embora com aquela tarefa. Fui sozinho na viatura porque Dr. Magreza quis almoçar sozinho. O motorista, pra variar, estava quieto. Para onde ia o Dr. Magreza?

19

Chef Lidu, ou o que tinha sobrado dele (cabeça, tronco e membros) foi encontrado em decúbito dorsal. A camiseta *I love New York* tinha furos bem distribuídos. No pescoço, uma corrente de ouro.

O assassino tinha raiva de Chef Lidu. Só podia ter.

O cadáver foi visto pelo cozinheiro Gaspar. Disse que, quando viu o cadáver, foi ao banheiro e vomitou. Tudo isso foi explicado ao doutor e, por tabela, a mim. Eu também quase vomitei. Não gosto de cadáver. Nunca tinha visto um, aquele foi meu primeiro. Quando eu vi, agora posso contar, quis vomitar. Só não vomitei porque tive medo de usar o banheiro e deixar impressões digitais por ali. Podiam pensar que eu tinha estado lá. Ideia absurda, mas estou cheio de ideias absurdas. Fiquei com vontade de ver aquele cadáver ser levado embora. Eu tive vontade de vomitar em cima dele.

Dr. Magreza perguntou pelo vigia e ninguém sabia. Muito suspeito o sumiço do vigia. A principal testemunha. Depois, como eu já disse, a câmera mostrou que ele estava dormindo.

Logo tive uma dúvida: como o vigia não ouviu os tiros? Será que acordou? Por que ninguém ouviu os tiros?

Muito suspeito ninguém ter ouvido os tiros.

Alguém deve ter ouvido. Esse alguém ficou bem quieto.

Eu começava a aprender uma lição importante. Silêncio é o que mais tem em uma investigação. Por isso é preciso estar muito atento.

Mas isso o Dr. Magreza já sabia.

Ele mesmo era o mais quieto de todos.

20

À TARDE, FIQUEI LENDO AQUELES INQUÉRITOS E PUXANDO CONversa com a Glória. Ela gostava de falar. Do filme novo do 007, de como o último James Bond era bonito, do restaurante novo que abriu na esquina, de como o doutor estava cansado e ela estava preocupada porque ele parecia muito estressado e um dia a pressão dele subiu. Essa foi a maior revelação da Glória: a pressão alta do Dr. Magreza. Nunca imaginei, ele era magro e aparentemente tranquilo. Aparentemente, ela frisou.

— Uma coisa você precisa aprender, Elvis: as pessoas nunca são o que parecem. Todo mundo tem um segredo, sabe?

Isso eu já sabia. Ela achou que eu estava demorando muito com os inquéritos e quis ajudar. Pegou uma pilha e foi carimbando as últimas páginas de todos.

— Que carimbo é esse?

— É carimbo pedindo mais prazo para as investigações.

— Mas você nem leu, eu preciso ler, ver as diligências. O Dr. Magreza falou pra eu escrever uns bilhetinhos.

— Elvis, não se preocupe, esses inquéritos são muito simples, as investigações demoram muito, com certeza tem muita diligência ainda. É isso mesmo, vai por mim. Assim você não termina nunca e eu quero que você faça um favor pra mim.

— Um favor?

— É, me ajuda a pesquisar na internet um hotel bacana em Buenos Aires. Você já foi lá?

— Não, eu não viajo muito. Minha mãe queria ir para Buenos Aires.

— Então aproveita e aí você ajuda a sua mãe também. E que você faz nas horas vagas? Você não tem um hobby?

— Vou ao cinema, leio, fico com a Rafaela.

— Ah, você tem namorada.

— Tenho, a Rafaela.

— Elvis, eu tenho quase idade para ser sua mãe. Quase. Então vou te fazer uma pergunta e você não precisa responder.

— Não vou responder.

— Então, Elvis, o que você espera desse trabalho?

— Eu? Nada.

— Então, se for só isso, mesmo, não se aprofunda demais. Você não tem noção do tanto que pode se complicar se levar a coisa a sério. Você não tem noção, Elvis.

Eu tinha noção. Ela não precisava se preocupar. Eu levo poucas coisas a sério. E poucas pessoas a sério, também.

A Rafaela, por exemplo, eu levo a sério. Já estou há tanto tempo com ela que, se não a levasse a sério, eu seria um hipócrita e hipócrita não sou. Estava começando a levar o Dr. Magreza a sério (tinha um pé atrás com ele). Eu levava minha mãe a sério. É óbvio. E só não levava Elisa a sério porque não conhecia Elisa. Depois que a conheci, levei. Eu levei Elisa muito a sério. Isso foi depois. Naquele momento, eu levava Rafaela a sério. Ela estudava ciências sociais. Ela detestava direito e não queria que eu prestasse concurso para a polícia (Rafaela não gosta de policiais). Eu expliquei que não tinha opção. Meu pai e minha mãe se separaram e eu não pude mais trabalhar com ele. Meu pai é advogado e tem outra família e não pode ficar dando dinheiro pra minha mãe. Ele diz que eu não preciso de pensão e que está na hora de eu trabalhar. Não esquento com nada disso. Prestei concurso e pronto. A minha mãe foi secretária bilíngue, largou o trabalho quando casou. Meu pai conheceu minha mãe porque ela trabalhava em uma empresa cliente dele. Agora ela não sabe mais trabalhar. Diz que esqueceu como se trabalha. Eu disse para ele:

— Pai, eu te acho um saco.

Eu não fazia nada de importante no escritório do meu pai, só adaptava petição inicial. Era monótono aquele trabalho. Na Delegacia, eu me sentia melhor. Pelo menos nos três primeiros dias. Pelo menos no início da investigação.

Tudo isso é para dizer que ajudei a Glória a encontrar um hotel. Passamos a tarde no *booking.com* e no *tripadvisor*. Fizemos listas dos melhores três estrelas e ela escolheu um. Foi uma tarde boa. Uma parceria que tivemos.

21

Foi lá pelas 5 da tarde que o Dr. Magreza chegou. Almoço meio longo, o dele. Eu já estava me preparando para ir embora. Por mais interessante que o trabalho fosse, tinha prometido a mim mesmo que não ia ficar obcecado. Estava seguindo o conselho da Glória. Não queria ser escravo de ninguém. Tudo bem, o Chef tinha morrido, eu estava chateado, tanta morte no mundo, uma pessoa a menos, e se a pessoa fosse legal, pior. E Chef Lidu era legal, ninguém duvidava disso. Eu queria emoção, queria ajudar o doutor a descobrir quem matou, mas isso tudo no horário de trabalho. No estrito horário de trabalho.

Aí os jornalistas chegaram. Quando eles chegam, tudo muda. Jornalistas e câmeras e gravadores e blocos de notas. Eu queria ser jornalista e acabei fazendo faculdade de direito. Um futuro melhor, minha mãe disse. Mas eu tinha aquela frustração e encontrar meus colegas imaginários me fez mal. Eu me coloquei no lugar deles e me senti desconfortável. A postura deles me irritou. Uma postura altiva demais. Os donos do mundo. Eu de camisa de algodão e sapato de amarrar e os caras de tênis e camiseta. Eles estavam naquela posição confortável de "eu preciso informar a sociedade o que vocês estão fazendo, vocês, que ganham dinheiro do povo e precisam mostrar serviço". Eu lia esse pensamento na testa deles.

E chegaram. Entrevista coletiva. Ajudei a arrumar as cadeiras na sala do doutor e já ia saindo quando ele falou:

— Fica, Elvis.

— Mas daqui a pouco vai dar meu horário.

— Hoje você fica até mais tarde.

Saco. Sentei no canto e fiquei ouvindo. Ele não gostava de falar com jornalistas. Os caras perguntavam, perguntavam, e ele não dizia coisa com coisa. Frases soltas. Um jornalista queria porque queria que o doutor dissesse que o crime podia ter sido cometido por uma pessoa das relações de Chef Lidu.

— Mas pode ter sido alguém conhecido, não é, delegado? O senhor já apurou se ele tinha uma namorada fora do casamento? Porque um sujeito não leva um monte de tiros assim, sem motivo aparente.

— Rapaz, você está começando na reportagem. Há assaltos e assaltos e, por enquanto, nada leva ao crime passional. Nada. Estamos no início das investigações, não sei mais do que vocês.

Eu achei que o Dr. Magreza estava errado. Os caras eram arrogantes, mas estavam na função deles. Se eu fosse jornalista, não ficaria nada satisfeito com aquelas respostas.

Uma das jornalistas, a mais gostosa, fez uma pergunta que eu achei interessante:

— Dr. Pedro Júlio, seu último caso foi muito bem-sucedido, o senhor descobriu que a atriz americana Norma Clark se matou. Com certeza o senhor vai descobrir quem matou Chef Lidu, não duvido. Então gostaria que o senhor desse sua opinião: não acha que o motivo do crime pode ter sido o restaurante, os negócios?

— Os negócios?

— Vou ser clara, doutor. Há rumores de que Chef Lidu estava muito magro, doente, ou fazendo dieta. Confirmada essa última hipótese, o emagrecimento poderia estar interferindo no cardápio do restaurante, o senhor não acha?

Aquela pergunta deixou o doutor meio atrapalhado. Ela tinha razão. Tinha ouvido da mulher do Chef Lidu que ele estava interessado em tanajuras. O doutor sabia disso. Mas respondeu:

— Por enquanto, não há nada que leve à suposição de que o negócio gastronômico estivesse no contexto do homicídio.

Ela fez uma careta, deu para ver que estava insatisfeita. Ela ia pesquisar.

Anotei o nome da jornalista mais bonita para eu procurar depois, se fosse o caso. Talvez eu devesse me informar um pouco mais. Se eu plantasse uma notícia qualquer, a verdade poderia vir à tona. Eu poderia fazer a experiência. Criar um fato. Um factoide.

Minha imaginação vai longe. Eu não devia me envolver tanto.

Quando eles foram embora, sem que o Dr. Magreza tivesse dito nada de importante — ele nunca dizia nada importante —, ele me deu uma missão:

— Elvis, amanhã é o enterro. Quero você lá no velório, desde o começo. Você veste uma roupa discreta, vai lá e senta no banco na frente do caixão. Olha tudo e anota mentalmente. Quando encher muito — porque esse enterro vai encher —, você vai lá fora e fica perto dos grupos ouvindo as conversas. Você sabe, Elvis, nos velórios as pessoas falam de tudo, menos do morto. Até falam dele, mas para lembrar bobagens.

— É mesmo.

— Então, você fica lá observando e amanhã me conta tudo.

— O senhor não vai?

— Não, não vou.

— Mas a D. Darlene vai me reconhecer, o que eu digo?

— Diz que eu não pude ir e pedi para você representar a Delegacia. Ela vai entender e, se não entender, não tem importância. Velório é público, todo mundo pode ir.

— Dr. Magreza, a que horas eu chego lá? Não posso ir só de manhã?

— Não. Você tem a oportunidade de participar de uma maneira mais ativa da investigação e não quer fazer o que eu digo. Vou dispensar você, Elvis, você não corresponde.

— Não, doutor, eu vou, pode deixar.

Minha convivência com Dr. Magreza durava no máximo 24 horas e parecia que nos conhecíamos fazia uns trinta anos. Fiquei sem saber se isso era bom ou ruim.

Eu não queria intimidade com meu chefe.

22

Elvis levou o compromisso às últimas consequências. Chegando em casa, perguntou à mãe como deveria se comportar em um enterro. Ela tinha experiência nesse tipo de evento terminal. Sua mãe esforçou-se para descrever todos os velórios e enterros aos quais tinha comparecido. Embora Elvis não quisesse falar muito com a mãe sobre o trabalho, foi obrigado a conversar. Ela disse que, em um enterro, as pessoas mostram-se discretas e procuram não dar risadas perto da família do falecido, exigência comportamental difícil de ser cumprida. As pessoas imaginam como seria seu próprio enterro ou o enterro de uma pessoa querida, ficam nervosas e dão risada para disfarçar. Elvis não se preocupou com isso porque, estando sozinho, dificilmente daria risada. Por volta de 2 da manhã, foi ao velório. Lá chegando, viu que nem mesmo D. Darlene estava presente. Nem ela, nem as pessoas que tinha visto no restaurante. Não tinha um só rosto conhecido ali e ele achou aquilo muito conveniente, pois não precisaria conversar com ninguém, apenas cumprir a sua função, que era observar. Só observar e anotar tudo, mentalmente.

Sentou-se no banco e ficou observando o caixão onde estava o corpo de Chef Lidu. As mãos estavam dobradas sobre o peito e ele vestia um terno escruro. No mais, eram flores e mais flores cobrindo quase tudo, com exceção do rosto, que ainda tinha aquela cara de "fudeu", como ele já tinha tido a oportunidade de observar.

Elvis pensou em como era surpreendente que o cadáver conservasse a cara do momento da morte. Por isso, algumas vezes tinha ouvido, "ah, ela estava tão linda, tão em paz". Isso poderia ser dito quando a pessoa morria dormindo, talvez. Não assassinada.

Chegaram algumas outras pessoas que Elvis não conhecia. Pessoas elegantes, da sociedade. Estavam bem vestidas e usavam óculos escuros. Nada de D. Darlene. Uma senhora parecia ser a mãe, porque era mais velha, estava de preto, tinha os tornozelos inchados, o rosto triste, mas conformado, ele notou.

Um senhor de terno e gravata, com seus setenta e poucos anos, muito magro, de sapatos envernizados, pediu para que ele, Elvis, se sentasse no canto do banco. Ele se afastou e acabou encostando na parede. O senhor conversava com a senhora de preto que devia ser a mãe de Chef Lidu.

Ela tirou um terço da bolsa e começou a rezar, murmurando, intercalando os murmúrios com algum lamento, tipo, "quem fez isso", "que atrocidade, meu Deus", "que violência, meu Deus", "por quê?". E o senhor fazia um "hum hum", "hum hum". A senhora era gordinha, tinha os cabelos curtos, usava óculos, as mãos eram gordinhas e os dedos passavam pelas contas do terço com habilidade. Era uma senhora fervorosa, Elvis percebeu.

E Elvis ficou ali tentando descobrir se havia um possível assassino entre aqueles senhores e senhoras. Incrível como os presentes tinham mais de 70 anos, aqueles tiros não podiam ter sido dados por alguém assim.

Elvis começou a ficar sonolento, aquele enterro não estava parecido com nenhum enterro descrito pela mãe. As pessoas que pareciam ser parentes estavam tristes e as da sociedade, excitadas. Só faltava um garçom entrar servindo tapas e outros quitutes inventados por Lidu. Isso não aconteceu. Em enterro americano serviam comida, mas enterro brasileiro é diferente. As pessoas comem na lanchonete do velório, tomam cafés açucarados e pães de queijo borrachudos.

Elvis pensou que tinha tanta coisa para fazer e ficar ali era perda de tempo. No mínimo, deveria estar dormindo. Se pelo menos pudesse pegar o celular e olhar mensagens, olhar o *facebook*. Mas seria falta de respeito. Aí ele dormiu.

Quando acordou, a sala do velório estava cheia de gente que conversava sem parar e as pessoas começaram a fazer um círculo em torno do caixão. Havia coroas de flores e D. Darlene já estava ali, bem ao lado do corpo, com cara de compungida. O vestido preto a deixava mais gorda ainda. E o padre chegou para as orações.

Elvis levantou-se. Ele tinha perdido os melhores momentos e não viu nada que pudesse ser relatado ao doutor. Que incompetência.

Não podia fazer mais nada. Acompanhou as orações e assistiu D. Darlene dizer algumas palavras com certeza preparadas com antecedência. Ela sabia das coisas. E só estranhou que os funcionários do restaurante não estivessem lá. Pelo menos ele não reconheceu nenhum. Muito suspeito isso.

Acompanhou o enterro junto com os familiares, em vagarosa fila, até a cova. Esperou que o caixão fosse inserido no buraco. E, devagar, os homens jogavam terra no buraco e cobriam o caixão. Aquele procedimento demorou horas. Muitas pessoas não aguentaram e foram embora. Ele ficou até o fim. Para se redimir daquele sono fora de hora.

Ele estava tão cansado.

Quando tudo terminou, Elvis saiu devagar e viu uma pessoa meio afastada, olhando o fim do enterro. Era uma moça muito magra, com óculos escuros. Elvis chegou a pensar que ela estava vestida com muito descuido. Jeans e uma camisa listrada de azul e branco meio amassada.

Seria Monalisa?

Ela logo foi embora. Ninguém percebeu que estava ali. Só Elvis, talvez. Quem sabe D. Darlene. Ela deve ter percebido. Com certeza percebeu.

Depois de tudo terminado, depois do corpo enterrado, Elvis dirigiu-se à viúva para os cumprimentos. Afinal, ele não era um estranho.

— D. Darlene, meus sentimentos.

— Elvis, obrigada por ter vindo. E seu chefe, não quis se despedir de Lidu?

— Ele estava ocupado. A senhora sabe, a investigação.

— Sei.

— D. Darlene, uma pergunta, por que ninguém do restaurante apareceu?

— Não? Vieram todos de madrugada, você não estava aqui?

— Mesmo a tal da Monalisa?

— Monalisa não apareceu. Eu, pelo menos, não vi.

Pronto, Elvis já tinha um fato: Monalisa não quis ser vista. Ele tinha certeza de que a moça magra era ela.

23

Depois do enterro, no ponto de ônibus, Elvis telefonou para a Delegacia. Pediu para chamar Dr. Magreza.

— Onde você está, Elvis?

— No ponto do ônibus, doutor. Queria saber se posso tirar a tarde, já que trabalhei tanto.

— O que você está fazendo no ponto?

— Esperando o ônibus. Eu não tenho carro, doutor.

— Fica aí que eu vou mandar a viatura te buscar.

— Mas daqui a pouco o ônibus passa, não precisa. Não posso dormir à tarde? Passei a noite em claro, doutor.

— Não, não pode. É o ponto na frente do cemitério?

— É.

— Então não sai daí.

Elvis sentou-se no banco e ficou. O ônibus passou vazio. Ele pegou o celular e começou a olhar as mensagens. No *facebook*, uma mensagem de alguém que ele não conhecia. Um tal de Vassoura Assassina, esse era o nome do perfil. Sem amigos, sem seguidores. A foto do perfil era de um espantalho feito a partir de uma vassoura velha, daquelas meio antigas (a pessoa tinha se esforçado para fazer aquele perfil). Só podia ser brincadeira. A mensagem dizia: "Fala pro teu chefinho tomar cuidado. E aproveita e toma cuidado junto. Nada de chegar muito perto do restaurante. Te mato, puxa-saco."

Elvis ficou paralisado e coçou a cabeça (esse era um cacoete que ele tinha). Verificou o perfil outra vez. Nada, ninguém. Perfil criado para a mensagem. Vassoura Assassina.

O que deixou Elvis indignado foi ser chamado de puxa-saco. Puxa-saco do Dr. Magreza, é claro. Por melhor que o doutor fosse, ser chamado de puxa-saco era uma injúria. Ele se sentia ofendido. Poderia fazer uma notícia de infração penal. Poderia provocar a persecução penal a partir daquela injúria. Mas Elvis sabia que não valia a pena. Precisaria deixar seu *facebook* à disposição, abrir suas mensagens. Não. Ele engoliria aquela ofensa em seco.

As coisas começavam a se complicar para Elvis.

A viatura chegou. Ele entrou no carro e ficou quieto. Não sabia se estava ofendido, com medo ou nem aí.

Passaria a tarde trabalhando nos inquéritos de estelionato.

Olharia aqueles cheques sem fundo com bastante atenção. Estava começando a achar que a burocracia era útil e necessária no funcionamento das coisas.

24

Depois que vi aquela mensagem, percebi, pela primeira vez nos meus 26 anos, que eu tinha mania de perseguição. Todo mundo tem um medo muito forte de alguma coisa. E eu me sentia visado, perseguido mesmo. As teorias todas conspiravam contra mim.

Sou medroso.

Só pensava naquela mensagem.

Bem que a minha mãe dizia que o *facebook* era uma perda de tempo.

Eu queria aventura e adrenalina e uma mensagem de poucas palavras de um perfil chamado Vassoura Assassina me deixava cagando de medo.

Minha vida estava de cabeça pra baixo.

A vida na polícia era muito arriscada. Naquele momento comecei a entender os colegas que pediam aumento de vencimentos, adicionais e todas as outras vantagens que eu ainda não conhecia direito — mas depois vim a conhecer muito bem.

Fiquei em dúvida se contaria tudo ao doutor ou não. Eu tinha o dever de contar, mas alguma coisa me dizia que era melhor ficar quieto. Pra que complicar as coisas? Ele não parecia muito a fim de investigar a coisa de verdade, mesmo. A coisa. O cadáver. O corpo. Podia contar só sobre a mensagem e deixar a história da tal da Monalisa de lado. Mas ele ia criticar. Já imaginei ele dizendo que eu tinha ficado no enterro e não tinha percebido nada, eu não tinha jeito pra coisa, não sabia olhar os sinais, os detalhes.

O certo seria contar tudo. Cabia a ele interpretar as informações, não a mim. Se bem que eu tinha descoberto a história das tanajuras. Imaginei o cardápio do restaurante: tanajuras fritas, com molho de mel e mostarda.

Aquele Chef Lidu era louco.

E devia transar com a tal da Monalisa. Com certeza. Bem que o cozinheiro espanhol tinha dito.

Ela devia ter feito o perfil Vassoura Assassina. Monalisa.

Só podia.

O doutor estava na sua mesa, aquela mesa que já era tão familiar para mim. A gravata dele estava quase solta e a camisa estava suja de café com leite, eu percebi. Não sei como reparei nisso, mas reparei. E falei:

— O senhor deixou cair café com leite na camisa.

Ele fez uma careta e disse:

— Foi, quando isso acontece logo cedo. Fico sentindo o cheiro do café com leite o dia todo. Acho que vou pra casa trocar de roupa.

— O senhor mora perto?

— Mais ou menos. Você pode ir lá buscar uma camisa limpa pra mim? É que os jornalistas vão voltar e eu quero estar de camisa limpa. Eles não largam do nosso pé.

Eu fiquei muito em dúvida sobre aquele pedido. Não sei se ele podia pedir aquilo e não sei se eu podia não fazer o que ele pedia (ou mandava?). Uma das coisas que eu sabia é que não devia cumprir uma ordem manifestamente ilegal. Buscar a camisa não era uma ordem manifestamente ilegal. Era um favor pessoal. Que não podia ser pedido porque afinal eu não era empregado pessoal do doutor. Eu era o escrivão.

— Doutor, estou cansado, passei a noite no velório, fui ao enterro, queria ir pra casa e o senhor não deixou. Será que eu preciso mesmo ir buscar essa camisa para o senhor?

— Elvis, você não está entendendo. Eu não estou mandando você fazer nada. Isso não é uma ordem. É um pedido, um favor. Um dia você vai precisar de um favor e eu também vou fazer. Um dia você vai querer sair mais cedo, faltar, e eu vou deixar, vou fingir que não vi. Elvis, por favor, você poderia ir até minha casa buscar uma camisa limpa para mim?

— Doutor, eu não estou de carro.

— Elvis, minha casa é perto, fica a três quarteirões. Você caminha, olha as lojas, toma um sorvete, almoça. Você não almoçou.

— Por que o senhor não pede para o motorista?

— O motorista agora vai ao Instituto Médico Legal pegar um documento com os legistas. Ele não pode ir.

— Será que eu não deveria ir no lugar dele?

— Mas você está cansado, acabou de voltar de um enterro.

— Ok, doutor, é um favor. Um favor eu faço.

— Vou anotar, fique tranquilo. Minha mulher, Elisa, entrega a camisa. Depois você me conta o que aconteceu hoje no enterro.

Foi então que eu conheci Elisa. Quase me apaixonei. Já falei tanto em Elisa e só agora, no meio da história, conheço Elisa de verdade.

Só não me apaixonei porque sempre gostei da Rafaela e gosto da Rafaela, com ela eu tenho intimidade e eu dou valor a isso porque não tenho intimidade com ninguém (só com a Rafaela).

Que sortudo aquele Dr. Magreza. Uma mulher como Elisa.

Fui andando até lá, entrei no edifício, daqueles antigos em que a entrada é grande, espaçosa. Eu me identifiquei ao porteiro, ele já estava me esperando. Subi ao quinto andar. Toquei o 51. Ela gritou: "Já vai!"

Pensei, "já vai" ou "já vou"? Ela deveria ter falado "já vou" e não "já vai". Não sei por que a pessoa, quando atende a porta, se refere a ela mesma na terceira pessoa. Aí ela abriu a porta e eu vi aqueles cabelos encaracolados, os olhos escuros e grandes, o nariz expressivo, que combinava, aliás, com o meu nariz adunco. Mas o melhor foi o sorriso largo. Ela não combinava nada com o Dr. Magreza.

— Ah, você é o Elvis! Pedro me contou de você ontem. Entra.

— Eu só vim buscar uma camisa.

— Não quer um café?

— Não, obrigado, preciso voltar, Dr. Pedro Júlio está esperando, ele precisa se trocar. Os jornalistas vão voltar. Sabe como são os jornalistas.

Aí ela entrou e eu acabei entrando, fiquei curioso pra ver a casa do doutor. Era legal. Toda clara, parecia casa de revista. Um arquiteto teria um apartamento daquele jeito. Gosto da Elisa, só podia ser. Dr. Magreza não parecia preocupado com decoração, ele podia morar em um quarto e sala e na cozinha dele poderia ter só uma xícara para o café com leite e estaria tudo bom. E a cafeteira. Eu achava.

Elisa era daquelas pessoas leves, que flanam. E eu adoro as pessoas que não pesam, não ocupam espaço. Elisa não incomoda. Ela só ajuda.

— Senta, Elvis.

Aí eu sentei na cadeira da mesa de jantar. A mesa para quatro pessoas. De madeira maciça. Detalhes de metal. Mesa de revista. Design.

— Então, o ambiente está muito pesado na delegacia?

— Não sei, porque fiquei pouco lá. Eu fui ao enterro.

— Detesto enterro.

— Eu também. Quer dizer, foi meu primeiro enterro, então não posso dizer muito.

— E que aconteceu lá?

— Nada.

— Nada?

— Apareceram umas senhoras chorando, aí segui o caixão. Foi isso.

— Você ficou lá a noite toda?

— Mais ou menos.

— Mais ou menos?

— É, eu dei uma cochilada.

— Não acredito.

Ela começou a rir. Eu quase não dou risada, por isso estranho essas manifestações de alegria. Esqueci que ela era a mulher do Dr. Magreza e contei que dormi. Foi tão de repente e eu já tinha contado. Precisava tomar cuidado com ela. Ela era daquele tipo que faz com que as pessoas se entreguem.

— Foi, mas por pouco tempo. Aí eu acordei e deu tempo de pegar D. Darlene, o padre, até uma moça que eu acho que era Monalisa. Ela estava meio escondida atrás de um túmulo maior, tipo uma estátua, mas deu pra perceber que não queria aparecer.

— Como você sabe que era a Monalisa?

— Eu acho que era.

— Tomara que isso se resolva logo. Olha a camisa, tá aqui.

Peguei a caixa que ela me deu e me levantei. Aí senti aquele perfume de sabonete. Ela tinha acabado de tomar banho, ou de lavar o rosto. Eu me senti ridículo perto de Elisa. Dr. Magreza já me fazia sentir ridículo e ela me fez sentir um nada. Assim, um nada. Um nada seduzido por uma risada.

Saí do apartamento como um bobo. Se eu tivesse ficado mais um pouco, teria contado a ela sobre a Vassoura Assassina. Eu deveria ter contado. Ela me ajudaria. Ela tinha assim um distanciamento que ajudava no momento das situações duvidosas.

Estava passado com aquilo tudo. E impressionado com o bom gosto do meu chefe.

Até que ele tinha estilo. Se a Elisa gostava dele, não devia ser um mau sujeito.

Que segredos ele tinha?

25

Cheguei com a camisa branca do Dr. Magreza dobrada dentro da caixa. Ele pegou a caixa, foi ao banheiro e trocou. Ficou outra pessoa. Bem arrumado. Aí falou:

— Agora que a minha camisa está limpa nós podemos conversar. O que aconteceu que você voltou pálido do enterro?

Ele tinha percebido que eu estava estranho. Isso me deixou mais tranquilo, eu gostava de estar perto de alguém que me controlava. Eu ia contar tudo. Contei:

— Em resumo: uma moça chorava escondida e eu acho que era a tal da Monalisa. E recebi uma mensagem esquisita no meu *facebook*. Uma ameaça ao senhor. E a mim também.

Dr. Magreza riu.

— O que disse a sua rede social?

— Disse para o senhor tomar cuidado. Disse para ficarmos longe do restaurante. E me chamou de puxa-saco.

— Elvis, veja você como nossa função é importante. Nem começamos e já somos ameaçados. A brincadeira começa a ficar divertida. Deixa eu ver.

— Ver?

— É, liga aí seu celular, quero ler essa mensagem.

Liguei e mostrei.

— Não vou nem mesmo ficar com a sua senha para fazer uma perícia no seu *facebook*, Elvis. Vou fingir que nada aconteceu. Mas você compreende o que aconteceu? Eles perceberam a sua vulnerabilidade, por isso você recebeu a mensagem. Só não entendo como eles podem dizer que você é puxa-saco. Você não cumpre metade das ordens que dou.

— Não?

— Não. E mesmo assim você é vulnerável.

— Vulnerável?

— É, você demonstrou ser suscetível. Elvis, você ainda vai aprender muita coisa.

— Tudo bem, doutor. E agora o que é que eu faço?

— Agora você vai a campo. Descobre tudo o que ele fazia. Tudo.

— Quem?

— A vítima, Elvis.

Tinha esquecido da vítima. Era tanta coisa na minha cabeça. A camisa, Elisa, Monalisa. E eu me esforçando, querendo agradar. Um profissional competente. Eu queria ser um profissional competente. E o enterro, o sono no meio do enterro. A vítima. O coitado do Chef Lidu. Tive uma ideia.

— Doutor, tive uma ideia. Ele estava frequentando um grupo de dieta, certo? Já ouvimos isso. Vamos lá ver o que acontece.

— Como assim?

— É, posso me infiltrar ali.

— O termo não é esse, Elvis. O agente só é infiltrado em uma organização criminosa e um grupo de ajuda para emagrecer não é uma organização criminosa. Ainda não é.

— Em princípio, não. E se eles planejarem assassinatos de chefes de cozinha em massa? Isso pode acontecer, o senhor sabe. A pessoa faz regime, faz regime e fica louca, não pode mais ver um prato de comida na frente. Ou então emagrece um monte e depois engorda de repente. Já vi muito essa situação. Minha mãe é assim. E aí a pessoa se vinga dos grandes chefes. Isso pode acontecer. Conheço uma pessoa que fica doente quando vê *sundae* do McDonald's. E eu posso me inscrever.

— Mas você é magro, Elvis. Muito magro. Vai dizer o quê no grupo?

— Ah, mas tem os membros do grupo que emagrecem e continuam frequentando. O senhor também pode pedir para Glória se inscrever. Ela está um pouco acima do peso, o senhor não acha?

— Não reparei. Agora que você está falando, pode ser. Talvez. Não posso pedir isso a ela. Seria uma invasão e não posso ser invasivo com um servidor. Não com a Glória.

— Então posso dizer que sou obsessivo e preciso perder um quilo. Eu até tenho uma barriga. Sou viciado em cheetos. Mas, melhor, mesmo, seria o senhor pedir pra Glória.

— Ou então posso chamar o Comandante. Ele está acima do peso.

— Comandante?

— Era meu assessor. Foi removido. Vou me aposentar e dispensei todos. Apareceu você. Logo agora, surge esse caso. E logo agora, surge você. Sem experiência. Vou chamar o Comandante.

— Eu sou bom, doutor. Não precisa chamar o Comandante. Vamos tentar a Glória, eu falo com ela.

— Tá bom. Não gosto de voltar atrás. O que passou, passou. Vai, descobre aí onde é esse grupo e fala pra Glória ir à próxima reunião. Vamos ver no que dá.

— Bom, talvez tenha que ser no horário de trabalho.

— Vamos ver. É melhor a Glória ir. Quero você aqui na parte da manhã. Todas as manhãs. Cedo. Pensando bem é melhor você ficar e a Glória ir a campo. Ela faz muito erro de português. Você até que escreve mais ou menos.

26

Elvis trabalhou muito durante as duas semanas seguintes. Pessoas foram ouvidas: funcionários do restaurante, em primeiro lugar. Garçons. Um dos cozinheiros. O cozinheiro espanhol não foi localizado. Depois essa ausência será melhor explicada.

(Aliás, aqui é necessário um parênteses: duas pessoas demoraram muito para ser localizadas: Monalisa e Arturo, o cozinheiro espanhol. Na verdade, três: o vigia também estava desaparecido).

Elvis datilografava os depoimentos e desenvolveu habilidade extrema com o teclado. De vez em quando se perdia, não compreendia muito bem o que as pessoas falavam. O garçom Joaquim, por exemplo. Ele dava voltas e voltas e não dizia nada que importasse. O nome dele era Joaquim Santos Rodrigues. Nascido em 7 de dezembro de 1945 (no fim da guerra) em Piracicaba, São Paulo. Poucos cabelos, barba rala — ele fez questão de esclarecer que não tinha feito a barba porque estava deprimido com o falecimento de seu chefe (isso não constou do depoimento). Era o garçom mais antigo da casa e o mais afeiçoado a Chef Lidu.

— Deprimido? Ele não era severo? — Dr. Magreza perguntou.

— Era. Uma severidade necessária. Ele me ensinou muito.

— Ensinou o quê?

— Coisas. Segredos que não posso revelar, não seria ético.

— Senhor, aqui no inquérito não tem ética. O senhor responde o que eu pergunto. Fale a verdade, nada mais que a verdade. O senhor está sob compromisso de dizer a verdade.

— Mas eu nunca minto, doutor.

— Nunca? Mas fala sempre a verdade?

— Ah, mas qual a diferença?

— Uma coisa é mentir, outra é falar meia verdade, outra é omitir. Há nuances.

— Não posso, os segredos que Chef Lidu me ensinou são secretos. Jurei que não contaria a ninguém.

— Mas que tipo de segredos? São importantes para compreender a situação do restaurante? E quem mais sabia desses segredos?

— Eu era o garçom mais antigo. Eu sabia coisas, o senhor entende?

— Mas que coisas? Da culinária?

— Não, isso, quem sabia, eram os cozinheiros. Até o espanhol, que era novo, sabia mais. O ponto do cozimento, sabe?

— Ele não está desaparecido?

— Não está desaparecido. Talvez esteja, não posso dizer. Ele mora perto do restaurante.

— Já fomos atrás, ele não está.

— Ele é espanhol. Deve ter ido para Barcelona.

— Preciso checar os aeroportos. Elvis, me lembre de fazer isso, depois, checar os aeroportos. O que o senhor sabe sobre o espanhol?

— Chef Lidu queria conhecer mais a gastronomia molecular e o cozinheiro disse que tinha sido discípulo de Ferrian Adrià, de El Bulli, sabe? Agora está fechado. O restaurante terminou em

2011, mas Adrià continua cozinheiro, pesquisa alimentos, vai fazer do El Bulli um centro cultural, ou centro de pesquisas. O cozinheiro espanhol dizia que tinha aprendido muito com ele e Chef Lidu gostou. Pedia para ele preparar pratos para um cliente ou outro. Ficavam fora do cardápio. Mas o pior é que era tudo mentira, o cozinheiro nunca viu o Adrià. Inventou tudo.

— Nunca ouvi falar desse restaurante na Espanha. Elvis! Elvis, o que você está mexendo nesse celular? Agora é hora de trabalhar, desliga isso.

Elvis colocou o aparelho na gaveta e retomou a posição de datilógrafo.

— Escreve aí: "Chef Lidu era severo com funcionários do restaurante. Não obstante, tinha relacionamento excelente com o depoente, o garçom mais antigo da casa."

— Doutor, ele não disse isso.

— Mas você estava ouvindo?

— Estava, doutor, ele não disse.

— E o que ele disse?

— Disse só que o chefe ensinou segredos a ele, foi só isso, segredos que ele não quer revelar.

— E isso não quer dizer que os dois mantinham bom relacionamento?

— Quer, mas o senhor está interpretando. Sempre ouvi que não se pode interpretar.

— Elvis, quem manda aqui? Não sou eu? Escreve o que eu disse.

Elvis escreveu como ele ditava. Aquela deturpação era inconcebível. Outras deturpações seriam aceitáveis, mas não aquela.

E Dr. Magreza continuou:

— Mas, seu Joaquim, vamos continuar. No dia em que Chef Lidu foi morto. Estava tudo em ordem no restaurante?

— Estava, tudo normal. O de sempre.

— Como o de sempre?

— Desconfiança pra todo lado.

— Escreva, Elvis: "No período do crime, o clima no restaurante estava pesado porque as pessoas desconfiavam umas das outras." É isso?

— Mais ou menos.

— A que horas o senhor foi embora?

— Fui um pouco antes de fechar, saí mais ou menos às onze horas.

— E quem ficou?

— Arturo ficou. Monalisa ficou. D. Darlene ficou.

— Todo mundo ficou. E por que o senhor foi embora?

— E eu já tenho idade, me canso logo.

— Se o senhor era o mais antigo, sabe se Chef Lidu e D. Darlene se davam bem.

— Isso eu não posso comentar. Vida íntima, né, doutor?

— Elvis, continua aí: "No dia dos fatos, o depoente deixou o restaurante por volta de onze horas. Ficaram o cozinheiro Arturo, Chef Lidu, D. Darlene, os garçons e Monalisa." E diga uma coisa, seu Joaquim: essa moça, Monalisa, como ela era?

— Como assim?

— Ela se dava bem com Chef Lidu?

— Ah, ele gostava dela.

— Era moça?

—Menos de 30.

— Lidu tinha 55.

— Diferença grande, não é, doutor? Mas eles se davam bem. Acho que ela podia ser filha dele. Se bem que ele não notava isso. Arturo falava que...

— Falava o quê?

— Que eles tinham um relacionamento mais próximo, sexual, sabe? Mas eu mesmo nunca vi.

— Ele falava isso pra todo mundo? Era fofoqueiro?

— Era um demônio. Chegou criando confusão. Falava até pra D. Darlene.

— Continue.

— Continuar o quê? Arturo é um fofoqueiro.

— Como era Monalisa?

— Ela se dava muito bem com Chef Lidu. Ela tinha um namorado que não largava dela. Mesmo assim, deu pra ver que ela e Chef Lidu ficaram próximos. Isso gerou uma tensão no ar. Não foi bom.

— E como ela era?

— Meio esquisita. Sinistra. Não comia nada. Mas uma vez, eu vi.

— Viu o quê?

— Era no fim do dia, já. Eu estava guardando a louça, arrumando a cozinha. Ela estava limpando os últimos pratos e um cliente deixou torta de chocolate no prato. Ela pôs o dedo e lambeu. Fez escondido, mas eu vi.

— Tirou do prato de uma pessoa estranha? Acho que outra testemunha disse isso, não disse, Elvis?

— É, ela fez isso. Foi muito rápido. Isso não se faz, doutor, não se faz. E uma pessoa tão sem apetite.

— Ela deve ter sido gorda.

— É, conheço bem o tipo. Quem foi gordo continua gordo na cabeça. No dia seguinte, contei a Chef Lidu. Não me segurei.

— E que ele disse?

— Disse que eu devia me preocupar com a minha vida e parar de espionar. Não espionei. Eu vi. Contei a ele por princípio. Havia uma regra, ali, que desapareceu com o tempo.

— Que regra era essa?

— Se alguém visse alguma coisa errada, estranha, devia contar. Se não contasse, e ele descobrisse, a pessoa seria despedida.

— Que coisa drástica. Nem na minha delegacia há regra semelhante.

— É. Mas lá havia. Uma merda, sabe? Se bem que não foi ele que estabeleceu isso.

— E quem foi?

— D. Darlene. Ela é muito agressiva.

Elvis, que nesse momento prestava atenção, de prontidão, aguardando o momento de digitar, pensou em D. Darlene. Figura estranhíssima. Para Elvis, ela passava, naquele momento, à posição de suspeito número um. Tudo levava a crer que ela tinha matado o marido. Elvis organizou os pensamentos e chegou a essa óbvia conclusão. Chef Lidu de dieta. Chef Lidu mudando o cardápio do restaurante. Chef Lidu confuso entre tanajuras, comida molecular e comida francesa. Chef Lidu apaixonado por Monalisa, anoréxica que lambia pratos deixados pelos fregueses. O inquérito podia ser relatado. A megera matara o marido.

— Elvis?

— Hein, doutor?

— Vamos lá: "O declarante nada tem a dizer sobre os acontecimentos, estando à disposição para novas declarações."

— Mas, doutor?

— O quê?

— Ele disse tanta coisa.

— Nada de importante, nada de objetivo. Pode encerrar.

Elvis encerrou. Imprimiu, deu uma cópia para Joaquim. Ele tirou e colocou os óculos várias vezes enquanto lia as três páginas. Leu mais de uma vez.

— Desculpa, doutor, mas aqui acho melhor colocar um horário mais preciso. Eu não saí do restaurante às onze horas. Me lembro melhor, eram onze e quinze.

— Mas isso não faz diferença.

— O certo é o certo. E tem outra coisa. D. Darlene é uma boa pessoa, queria deixar isso claro.

— Mas isso não vem ao caso, as impressões pessoais não contam no depoimento. Os fatos contam, só os fatos. Isso está até no Código.

— Que Código?

— No Código de Processo Penal: "O juiz não permitirá que a testemunha manifeste suas apreciações pessoais, salvo quando inseparáveis da narrativa do fato."

— Ah.

— Tudo bem. Elvis, acerta esse horário, já que ele insiste.

Elvis corrigiu, pensando que aquele depoimento não estava de acordo com o que ele tinha ouvido e a correção que ele fazia era de um pormenor insignificante. Na sua opinião, tudo ficava claro, a situação estava bem clara, clara como a luz, como uma expressão algébrica. Mas isso era outra história e deveria ficar para um outro momento. Por enquanto, ele só observava.

27

Aquele foi um período muito importante na minha vida. Foi quando comecei a ficar viciado em Bruce Lee. Vi um filme no *youtube* e não parei mais. Comprei *Operação Dragão* e assisti mais de dez vezes em duas semanas.

Nunca fiz esporte. Sou magro, joguei futebol quando era mais novo e parei com todos os exercícios. Eu queria ser como Bruce Lee. Queria ter a precisão de Bruce Lee. Levava isso tão a sério que ensaiava movimentos na frente da televisão e do espelho.

Eu estava assistindo Bruce Lee e, bem na hora em que ele fazia flexões apoiado em dois dedos da mão, meu celular avisou: mensagem do *facebook*. Solicitação de amizade: Elisa.

Minha vontade foi aceitar na hora. Não. Autocontrole. Eu ainda não conhecia bem Dr. Magreza, não sabia o que ele diria e talvez ele não soubesse. Com certeza, ele não sabia. Terminei o filme e não me segurei mais: fiquei amigo de Elisa.

O perfil dela era meio bobo. Era muito politizada. Convidava as pessoas a aderirem abaixo-assinado contra a coca-cola. Quem ainda se incomoda com a coca-cola? Elisa e mais três pessoas, eu

vi. Aí ela aderiu às manifestações de rua. "Vem pra rua, vem!" Ela segurava essa placa e pedia pra alguém tirar foto. Passeata contra o preço do ônibus, contra um monte de coisas. Elisa sempre sozinha nas fotografias do *facebook*. Aí, uma vez ou outra, ela postava uma piada boba. Da Mafalda. De vez em quando, um vídeo de música. Bob Dylan, que eu acho um chato. Elisa tinha 657 amigos no *facebook*, um número considerável.

Eu tinha 150. Não gostava de Bob Dylan e fui só a uma manifestação de rua. Eu não me mobilizei. Nunca fui mobilizado. E nunca postei uma piada. Nem mesmo um comentário tosco sobre qualquer assunto. Eu gostava dos meus 150 amigos, seguia o que eles faziam com a maior atenção. Curtia as experiências deles, ouvia as músicas que eles ouviam. Meus 151 amigos, contando com Elisa. Às vezes, eu postava alguma coisa. Quando eu tinha muita certeza de que ia interessar todo mundo. Agradar 150 pessoas não é fácil. Daí que eu escrevia pouco no *facebook*. Pelo menos a Vassoura Assassina estava quieta.

Parei de ver o perfil e voltei ao Bruce Lee. E se eu postasse no *facebook* que estava assistindo Bruce Lee? Todo mundo ia saber que eu gosto de lutas marciais. Meus 151 amigos poderiam me achar violento.

Eu pensava assim naquela época. Eu sei que estou misturando tudo. Não faz tanto tempo assim.

28

Glória começou a frequentar o grupo "Magreza é mais saúde".

Tivemos uma conversa séria, nós três (ela, o doutor e eu). Dei a ideia e o doutor explicou a importância da colaboração de Glória no sucesso das investigações. Para saber por que Chef Lidu tinha morrido, era importante seguir seus passos, entrar na sua vida, no seu contexto. Glória fez uma preleção sobre como estava satisfeita com seu peso, ainda que uma ou outra pessoa a achasse gordinha. E disse que colaboraria pelo interesse público. Quando descobrimos o nome do grupo, achamos uma ironia do destino, um sinal meio amargo. De qualquer modo, era um sinal: estávamos no caminho certo. Primeiro, Dr. Magreza fingiu que não percebeu a semelhança entre o seu nome e o nome do grupo. Depois, admitiu que havia, de fato, a semelhança.

Agora que Glória entra de verdade na história, é bom falar um pouco sobre a personalidade dela. Glória tinha por volta de quarenta anos. Seu livro de cabeceira era *Cinquenta tons de cinza*. Tinha um namorado eventual, com quem saía de quinze em quinze dias. Ele não era casado, mas viajava muito. Ela gostava de chope e coxinha de galinha e de planejar viagens que não chegava a fazer. Era o braço direito do doutor no sentido emocional. Eles se comunicavam por telepatia (algumas vezes não dava certo).

A experiência dela no grupo "Magreza é mais saúde" foi muito válida. Em todos os sentidos.

Contou que, no primeiro dia, chegou meio tímida, relatando à coordenadora e às colegas (só mulheres no grupo) intenção de reeducar a alimentação. A instrutora não deu muita atenção ao discurso sem energia dela. A instrutora era como todo mundo: gostava de confidências. E Glória não falou nada de novo, ela só queria perder peso.

Tomou um susto com a balança. Morro de rir quando lembro dela contando. O peso foi bem maior do que imaginava. Fazia um ano que ela não subia em uma balança e, quando subiu, tomou um susto. Estava com 70 quilos. Bem desproporcionais à altura (1,65m).

Eu gostava da Glória, nem notava que ela era gorda. Sempre acho que a pessoa gorda supervaloriza muito a aparência. A gente que é magro nem nota.

Glória ouviu a conversa do grupo e chegou à conclusão de que seu problema era a crepe de nutella da manhã, os dois pãezinhos da tarde, a manteiga ao longo do dia (com torradas) e o *croissant* de chocolate da padaria da esquina de casa que ela comia à noite quando acordava com insônia. Comprava o *croissant* e deixava no armário. *Just in case*. Preferia engordar a passar a noite em claro. Provavelmente, quando era pequena e chorava de madrugada, a mãe dava mamadeira com açúcar.

Contou uns relatos incríveis das moças. Uma delas viajou e, à noite, acordava com tanto medo, que comia *macarrons* guardados na geladeira do quarto do hotel (isso aconteceu em Paris). Outra coisa que ela contou eu achei meio estranha. Tinha gente que passava no McDonald's e comia dois *top sundae* de uma vez. Comia um, dava a volta no quarteirão e comia outro, os dois do mesmo sabor: chocolate. Lidar com a comida era como lidar com drogas. Enquanto ela contava, Dr. Magreza perguntou, de repente:

— Elvis, você usa drogas?

— Como assim, doutor? Claro que não.

— É bom, Elvis, é bom que não use. Você agora é uma pessoa visada. Não pode escorregar, entendeu?

— Entendi, doutor, entendi.

E assim terminou a reunião sobre o "Magreza é mais saúde". O doutor queria era pegar no meu pé.

29

Dr. Magreza já tinha ouvido quase todas as pessoas que poderiam contar sobre os dias de Chef Lidu antes do homicídio: nenhuma delas trouxe qualquer novidade, nenhuma luz que esclarecesse o crime.

Elvis, o escrivão, tinha suas suspeitas, mas nenhuma prova. Para ele, a mulher de Chef Lidu, Darlene, tinha mandado matar o marido. Ela teria feito isso por algumas razões bastante óbvias: 1: Chef Lidu estava pesquisando novos alimentos e queria mudar o cardápio francês; 2: Chef Lidu estava apaixonado pela nova funcionária, Monalisa; 3: Chef Lidu estava muito amigo do cozinheiro espanhol, Arturo; 4: Darlene estava descontrolada emocionalmente. Gritava com Chef Lidu, chorava alto (muitos o tinham ouvido dizer que ela deveria procurar um psiquiatra); 5: Chef Lidu perdia peso a olhos vistos e Darlene continuava acima do peso (muito acima).

Certa quarta-feira, depois de terem ouvido três pessoas, cujos depoimentos haviam sido absolutamente nulos em termos de informações, ao cair da tarde, quando estavam todos cansados e

Dr. Pedro Júlio Magreza pronto a abrir o armário onde guardava o *whisky*, Elvis decidiu abordar o assunto com franqueza.

Entrou na sala do chefe, sabendo que atrapalhava o melhor momento do dia. Dr. Magreza já abria o armário, quando Elvis entrou:

— Doutor, posso falar com o senhor?

Elvis esperou o convite para sentar sabendo que o convite não viria, como de fato não veio.

— Fala, Elvis, quer faltar amanhã?

— Não, doutor, eu queria mesmo era falar com o senhor sobre o trabalho.

— Que trabalho?

— O nosso trabalho. Eu tenho algumas suspeitas e quero conferir com o senhor.

— Que suspeitas?

— Eu sei quem matou Chef Lidu.

— É mesmo? E quem foi?

— A mulher dele, Darlene.

Dr. Magreza gargalhou (uma gargalhada um pouco forçada).

— Não, Elvis, não foi Darlene. Essa solução é muito óbvia. Aliás, você está esquecendo o principal: a pessoa que entrou no restaurante subtraiu carne, dinheiro e disparou vários tiros no nosso amigo. Darlene não fez isso. A pessoa que entrou lá de madrugada, de capacete, entrou para roubar, entrou para roubar um restaurante bem sucedido e que, com certeza, tinha dinheiro em caixa. Elvis, você está encantado com a nova profissão, entusiasmado em colaborar para o mundo melhor. Mas a vida é crua, Elvis. As pessoas são materialistas. Ninguém mata mais por amor. O amor não existe. Acabou, Elvis.

Dr. Magreza não estava acostumado a falar tanto. Até que tinha um dom para o discurso. Falava bem. Poderia ter sido um orador na faculdade.

— Dr. Magreza, desculpa perguntar, quem foi o orador da sua turma?

— Que turma?

— Da faculdade.

— Foi um babaca qualquer. Eu perdi a eleição.

— Ah, entendi. Então o senhor quis ser o orador. Entendo tudo. Mas doutor, o senhor não mataria por Elisa?

— Eu não mataria por ninguém, nem por minha mãe. Ninguém vale essa energia. Sou um sujeito preguiçoso, Elvis. Assim como Darlene.

— Eu acho que ela mandou matar o marido. Pagou alguém pra fazer o serviço.

— Vou pensar nisso, prometo. Agora me dá licença, Elvis.

Elvis deu licença e foi para sua sala terminar de arrumar suas coisas para ir embora. Tinha combinado cinema com a Rafaela. Aquela seria a primeira noite livre desde o crime. Não que ele trabalhasse à noite, mas estava tão envolvido com a investigação que não tinha tempo para ficar com a Rafaela. Dr. Magreza pegou o gelo no *freezer* que ficava atrás de sua mesa, colocou o gelo dentro do copo e encheu o copo daquele líquido cor de mel. Podia ser chá. Dr. Magreza não dirigia depois de beber e iria de táxi. Ou Elisa estaria esperando por ele lá fora, na porta (ela nunca entrava). E eles iriam jantar. Ela contaria seu dia nas redes sociais, na mobilização do abaixo-assinado contra a coca-cola. E Elvis iria ao cinema. E Glória ficaria sozinha em sua casa, fazendo pesquisas na internet, falando no telefone com sua irmã, talvez. Ou sairia com o namorado. Quem sabe.

30

Depois de terem ouvido diversas pessoas, Dr. Magreza chegou à conclusão de que era importante juntar os cardápios do restaurante no inquérito policial. O cardápio não: os cardápios. É que o restaurante estava em fase de mudança e havia diversos cardápios: um para o almoço, outro — mais tradicional — para o jantar, e outro com as inovações introduzidas pelo cozinheiro espanhol e pelo próprio Chef Lidu. Havia ainda um outro cardápio, em estudo, com as formigas. O curioso é que os cardápios estavam todos prontos, em cartolinas grandes. Eram muito bem feitos. Doutor mandou Elvis fazer um apenso especial para os cardápios. Elvis passou a tarde toda costurando aquelas cartolinas grossas no apenso que ficaria amarrado no inquérito policial. Elvis percebeu que D. Darlene tinha razão, o restaurante estava perdendo a identidade. Até a culinária peruana estava lá. Tinha uma sobremesa que me deixou com água na boca: suspiro limeño. E havia uma coisa chamada causa limeña, feita com batata e complementos, inclusive abacate. Eu, que não sou de comer, fiquei com vontade. Os cardápios só tinham em comum uma coisa: estavam todos em francês.

A tradução dos pratos para o português estava em letras pequenas, sem destaque. Culinária peruana escrita em francês. Aquilo estava uma confusão, D. Darlene não estava de todo errada.

Depois que Chef Lidu criou *menus* a preço fixo, Darlene deu a ideia de formarem menus literários. Ela teve essa ideia para desviar a atenção de Chef Lidu das formigas e de alimentos exóticos demais. Pratos preferidos de Ernest Hemingway em Paris. Sobremesa predileta de Simone de Beauvoir no Cafè Flore, por exemplo. Um cardápio com os pratos que aparecem nos livros de Machado de Assis. Outro, nos livros de Proust. Chef Lidu concordou com as inovações, mas só no almoço. Essas novidades criaram uma confusão danada. Darlene pensou até em cardápio com as receitas de *Gabriela, Cravo e Canela*, de Jorge Amado. Jorge Amado não morou em Paris? Chef Lidu topou, porque gostava dos livros de Jorge Amado, Proust e Machado. Eles não tinham muito em comum, mas Chef Lidu não era apegado a estilos fixos em quase nada. Estava em uma fase de assumir seu verdadeiro eu.

Um garçom chamado Hugo relatou que, três semanas antes do crime, um cliente entrou e brigou porque haviam tirado *gigot d'agneau* do cardápio. Elvis teve dificuldades de escrever isso e decidiu, daquele momento em diante, aprender melhor a grafia dos pratos franceses. Não gostava de passar por ignorante diante do doutor e dos depoentes.

— Como foi isso, a briga do cardápio? Melhor repetir, assim detalhamos a história e meu escrivão aqui tem tempo de aprender a escrever essa palavra, *gigot d'agneau*. Elvis, quanto tempo você quer para estudar francês?

Elvis ficou sem graça, mas era difícil que o derrubassem e encarou a ironia com uma piada boba:

— Preciso do tempo de cozimento desse prato, doutor, só isso, deve ser meio demorado.

E procurou no google e encontrou, em dois segundos, a grafia certa para *gigot d'agneau*. E descobriu, também, com alguma surpresa, mas nem tanta, que aquele era um prato típico francês, pernil de cordeiro (que ele nunca tinha comido, tinha hábitos alimentares muito corriqueiros).

— Foi assim, doutor. Eram dez da noite e o sujeito entrou com uma moça bem arrumada, linda, loira, de salto alto. Quer que eu fale mais sobre ela?

Todos se interessaram (Dr. Magreza e seu escrivão) e o doutor disse:

— Se interessar para a história, sim, por favor.

— Ela usava um vestido vermelho, justo, sapatos de salto alto preto. Estava de batom vermelho. E tinha mamas muito salientes.

— Mamas? — Elvis perguntou.

— Sim, mamas.

— Não seriam peitos?

— Elvis, qual a diferença? — o doutor perguntou.

— Não sei por que, doutor, para mim isso faz diferença.

— Continue, por favor. E ele?

— Ele era moreno, cabelos muito curtos, usava um terno escuro, preto, gravata cor de vinho. A gravata tinha uns pontinhos prateados.

— O senhor lembra sempre das roupas das pessoas?

— Não, nem sempre. Mas daquele casal lembro bem. Eu servi. Eles estavam brigando. Vi que a moça começou a chorar.

— Era comum, isso, das pessoas brigarem no restaurante? — Elvis perguntou.

— Elvis, quem faz as perguntas aqui sou eu, ou não?

— Desculpa, doutor.

— Eu pergunto agora se era comum as pessoas brigarem no restaurante.

— Às vezes era. Mas aquele casal era esquisito. Ele era muito baixo, ela muito alta e bonita, ela falava alto, ele falava baixo, ela chorou. Sabe, doutor, pequenos detalhes chamam atenção. Nós, garçons, estamos sempre olhando de cima, e as mãos chamam nossa atenção. A moça estava nervosa, ela tinha umas unhas compridas e vermelhas e pediu água, e depois vinho, eu me lembro tão bem daquele casal. Aí ele olhou o cardápio que ofereci e viu que o *gigot* não estava mais lá. Faltava.

— Ele era um cliente habitual, então.

— Era, depois ouvi que sim, mas eu estava lá fazia pouco tempo, ainda não conhecia aquele cliente.

— Prossiga.

— Ele falou baixo, mas com raiva: "Eu vim aqui por causa do *gigot*." Eu disse que era impossível. Ele quis falar com Chef Lidu, mas, bem naquele dia, ele não estava. Não sei onde ele estava. D. Darlene estava sozinha, no escritório, e ele pediu para falar com ela. Ela não quis sair de lá, não estava vestida para o salão, ele foi até lá conversar e a moça ficou sozinha esperando, com jeito de triste, ela queria só uma salada de camarão, um prato tão comum, camarões cozidos.

— O que eles conversaram no escritório? Ele tinha intimidade para entrar lá?

— Tinha, eu vi que ele tinha. A única coisa que eu percebi foi que ele voltou com cheiro de cigarro do escritório. Ele fumou lá. E isso foi muito estranho, porque D. Darlene não gosta que fumem dentro do restaurante. Ela, que fuma, fuma na calçada. Mas aquele senhor fumou lá. Ele fumou.

— E ele se conformou com a falta do *gigot*?

— É, aí ele pediu um *flan* de abobrinhas, desistiu da carne. E ficaram os dois, ela e ele, bebendo. Mal tocaram na comida. O senhor não perguntou, mas eles beberam uma garrafa de vinho em silêncio. Primeiro brigaram, ela chorou, ele brigou por causa do prato que faltava. E então ficaram em silêncio. Umas duas horas em silêncio. Era um vinho caro. *Pinot Noir, Gevrey-Chambertin*. Nunca vou esquecer.

— Elvis, encerra o termo.

— Como encerra, doutor? O que ele falou é importante.

— Importante para quem?

— Para a investigação. E o cigarro, o senhor não encontrou um cigarro no balcão do restaurante?

— Elvis, encerra o termo. Essa visita é irrelevante para a investigação. Assim não acabamos nunca. É preciso foco, entendeu?

— O senhor se esquece, chefe, o sujeito levou livros de culinária, cadernos.

— É, mas nem tudo tem lógica, coisas sem sentido acontecem, também, nem tudo tem explicação. Você parece que está escrevendo um romance, não documentando o inquérito.

— Já sei até o título, doutor: "Chef Lidu ao molho pardo".

31

Tenho um sentimento ambíguo em relação Dr. Magreza e gostaria de esclarecer melhor essa sensação de que ele nos enganava todo o tempo, a mim e à sociedade. E era estranho que eu gostasse cada vez mais dele como pessoa. Fiquei meio que magnetizado por ele. Foi um mestre. Eu sabia que ele tinha defeitos (quem não tem?). Não levava a sério a polícia e nem o direito.

Não sou eu que digo que ele não levava, ele mesmo dizia isso. Ele dizia que o direito (com d minúsculo) servia para enganar as pessoas e que todo aquele que se via envolvido em um processo qualquer estava fodido. Mesmo a solução jurídica aparentemente justa seria ruim porque os homens não pensavam com a razão e os juízes menos ainda. Ele costumava dizer que aquele nosso esforço era inútil, nunca chegaríamos à verdade, mas precisávamos ir em frente, mesmo assim. O que valia era o fim da persecução, ele dizia. O relatório do inquérito, a sentença, o acórdão. O caminhar para a decisão podia ser divertido ou não. Mas na decisão estava a verdade, e nunca deveríamos nos preocupar muito em saber se a verdade declarada coincidia com a verdade real. No fundo, era tudo ficção, ele dizia. Elvis, processo, literatura, é tudo a mesma coisa.

Ele gostava de Elisa, *whisky* e pôquer. De Elisa gostava, mas amor, mesmo, era outra coisa. Amor era um sentimento inventado, ele dizia. Inventado por quem? Isso ele não disse.

Um dia, depois de um depoimento, chegou uma notícia interessante demais: uma arma fora encontrada no bueiro em frente ao restaurante. Ela foi trazida por um policial militar que a recebeu de um funcionário da prefeitura que estava examinando os bueiros. Ele usava luvas, o policial. A arma estava em um saco plástico. Suja de merda, de terra, sei lá. Uma gosma marrom. Levei o policial na sala do doutor. Quando ele chegou (o policial) eu lia um inquérito sobre furtos reiterados em um supermercado. O dono desconfiava de um funcionário mas não quis dizer quem era. Aí ficou autoria desconhecida mesmo. Eu preparava o relatório. Parei de escrever, levei o policial ao doutor e eles ficaram sozinhos. Aí o doutor me chamou. A arma estava em cima da mesa. Suja de merda. Ele me disse para fazer um termo de entrega. Mandou o policial se identificar para que eu registrasse a entrega daquela arma. Foi encontrada no bueiro em frente à Brasserie Lidu. Coloquei tudo isso no termo de entrega. Depois, eu deveria enviar a arma para a perícia. Mas o doutor já sabia: aquela arma tinha matado Chef Lidu. Nove tiros em Chef Lidu.

Uma Walther PPK, foi o que o Dr. Magreza disse.

— Quem usa esse tipo de arma? — ele perguntou ao policial. O sujeito era quieto, dava pra ver que falava em último caso. Fez um sinal de ombros. Aí o doutor olhou pra mim e me mandou pesquisar. Eu estava cansado. E o doutor falou alto:

— Elvis, você é da polícia, tem que entender dessa traquitana, de qualquer arma. Faz a pesquisa e traz por escrito: eu quero um texto com português correto, entendeu? Um relatório, uma redação com o título: "Que tipo de pessoa tem uma Walther PPK?"

Perguntei se ele queria um relato oficial, para colocar no inquérito, ou um relato em *off*. Ele disse: "Em *off*."

Assim começaram meus relatórios não oficiais. Inclusive este livro. Sem saber, meu chefe me estimulou a escrever este livro. Espero que ele aprove este último relatório. Porque vou largar a polícia. Já decidi. Eu vou. Vou ficar milionário com este livro. Vou revelar que o assassino não é o suspeito que está na cadeia.

Isso eu sei agora. Na época, minha tese começou a ser outra: um ladrão qualquer matou Chef Lidu. Um crime comum. Nada de passional. Ganância, dinheiro, esses eram os motivos do crime. Um cara dá nove tiros em outro por dinheiro? Para roubar? É raiva, só pode ser raiva. Mas raiva do quê? Mudei de ideia. Não era um crime comum. Eu oscilava, juntava as peças: um cigarro, um capacete, uma arma, uma *madeleine*, tanajuras, dieta, calorias, um *gigot*. As mulheres: Monalisa, Darlene, Elisa (Elisa não tinha nada a ver com o crime).

As pessoas matam por poder, amor, dinheiro. Aquele crime tinha sido por dinheiro e medo: o ladrão ficou com medo de ser descoberto e apertou nove vezes o gatilho de sua pistola Walther PPK: nove tiros em Chef Lidu. Era um cagão. Dinheiro, medo e raiva, tudo junto. É possível isso? É, se o sujeito tiver raiva de quem é muito rico. Ah, pode ter acontecido, também, de Chef Lidu ter ofendido a mãe do assaltante. Isso faz com que um sujeito queime o outro. Se estiver com a arma na mão, é claro. Atira mesmo. Se bem que eu não atiraria. Sei que minha mãe tem defeitos. Ela não é perfeita.

Eu não suspeitava mais de D. Darlene. Primeiro tive certeza de que ela tinha matado o marido. Depois cansei. Estava cansado daquela investigação que não levava a lugar nenhum. Cansado do trabalho.

Quando comecei o trabalho, pensei que fosse acabar com a corrupção no Brasil. Eu queria ajudar a melhorar os meios de transportes, queria que o nosso metrô fosse eficiente como os de Paris e Londres, queria ver a bandidagem na cadeia, queria limpar o rio Tietê, eu queria fazer tudo isso e nada, estava estagnado com o Dr. Magreza, boa gente, bacaninha, mas incompetente. Inteligente e brilhante, mas incompetente. Generoso, mas incompetente. Arbitrário, mas incompetente. Descrente. Preguiçoso. Negligente. Covarde.

    Corrupto?

32

Que tipo de gente tem uma pistola Walther ppk?

Pesquisando o tema, descobri que a pistola Walther PPK foi usada por James Bond em muitos filmes. Arma de bacana.

Fui até Londres (na imaginação, é claro), vi todos os filmes de James Bond, tomei martini no The Dorchester, cheguei inclusive ao Sherlock Holmes, que não tinha nada a ver com a história. E descobri o óbvio, por dedução: a pistola devia ser do próprio Lidu. Como cheguei a essa conclusão? Porque é uma pistola do tipo que a pessoa que quer se proteger guarda em casa e um bandido profissional não tem uma pistola dessas. E foi o que falei ao doutor no dia seguinte. Eu não faria a pesquisa e não redigiria nada porque achava que a pistola era da vítima e o certo seria irmos conversar com a mulher de Lidu. Eu voltava à minha primeira hipótese: Darlene. Faria algumas perguntas a ela. Já até imaginava:

— *Hello, I have a few questions.*

Entrei na sala do Dr. Magreza enquanto ele fazia a barba com seu barbeador elétrico. Ele estava com as pernas cruzadas sobre a mesa, usava um sapato gasto de camurça marrom, o sapato estava desamarrado. Provavelmente, tinha acabado de calçar. É que ele tinha vindo de tênis, caminhando, porque estava com o colesterol alto e o médico tinha recomendado caminhadas. Eu sabia sobre o colesterol porque ele tinha me contado. Dr. Magreza às vezes conversava comigo.

— Que foi, Elvis?

— Doutor, nem precisei fazer a pesquisa, já sei que a arma era da vítima.

— Elvis, Elvis, você sempre percorrendo o caminho mais fácil. É um lugar-comum pensar que a vítima está envolvida de alguma maneira. E o óbvio. Você estudou vitimologia. Mas essa ideia está errada: a vítima precisa ser respeitada, Elvis, você não sabe disso? Ainda mais Lidu. Lidu não é uma vítima como outra qualquer.

— Não foi o que o senhor disse outro dia.

— O quê?

— O senhor disse que a vítima tem alguma responsabilidade, quase sempre. É a relação de causalidade. E depois, ele usava uma camiseta *I love New York*.

— Mas isso não significa muita coisa. Precisamos pensar um pouco mais. Eu também acho que toda vítima está envolvida em fumaça, mas vamos com calma. Por que você acha que a arma era de Lidu?

— É uma arma muito complexa, doutor. Só uma pessoa bacana teria uma arma dessas.

Estávamos conversando e ele não tinha me chamado para sentar. E não tirou os pés da mesa. Eu me sentei porque presumi que a conversa seria longa e eu precisava de tempo para pensar. Retórica, diálogo, debate, disputa intelectual, não sei o que ele achava da nossa conversa, mas eu tinha certeza: era uma prova e um exame. E eu tinha que me sair bem.

— Muito bem, você se sentou, Elvis. Agora explique sobre essa arma assim tão sofisticada.

— Não sei muito, mas sei que estava no bueiro e um assaltante experimentado não joga uma arma no bueiro. A pessoa que jogou quis que ela fosse encontrada e, se quis, foi para chamar atenção. Era dele, doutor, tenho certeza. O senhor tem que conversar com a mulher dele.

— E por que ela saberia?

— Porque ela é mandona, as pessoas mandonas controlam tudo e ela sabia que ele tinha uma arma. Vamos lá conversar com ela. O senhor já intimou a dona?

— Estou deixando para o final.

— Todo mundo que importa o senhor deixa para o final. O cozinheiro espanhol, o vigia noturno, a Monalisa, a Darlene. O senhor ainda não ouviu ninguém que tivesse alguma coisa para contar.

— Elvis, eu tenho os meus métodos. Tudo tem um ritmo, não adianta ficar ansioso.

— Desculpa, doutor, é que o senhor conhece a D. Darlene, acho que isso pode estar complicando. Desculpa entrar no assunto assim.

— Você está querendo dizer que não estou fazendo meu trabalho com isenção? Não estou sendo impessoal, Elvis?

— Não, imagina, doutor. É que o senhor conhece D. Darlene e acha que ela não faria isso. Mas, doutor, qualquer pessoa faria isso.

— Não de uma maneira premeditada. As pessoas matam sob violenta emoção, mas poucas planejam, mesmo, um assassinato, como esse parece ter sido planejado.

— E se foi latrocínio?

— No fim é o que vai acabar sendo, Elvis. Mas essa arma está mudando o curso da coisa. Um assaltante não jogaria a arma no bueiro na frente do local do crime. Darlene não faria isso, tampouco.

— É claro que ela não matou o marido com as próprias mãos. Mandou matar, doutor. Ela encomendou a morte dele. Pagou por isso.

— Ela não faria isso.

— Não disse? O senhor está supondo, está pensando a partir de seus contatos sobre ela, de seus conhecimentos pessoais.

— Elvis, não cresça além da conta, entendeu bem? Você faz só o que eu mando, entendeu bem? Não tenho paciência para espertinho perto de mim. Guarda o seu toddynho para outra oportunidade.

— Doutor?

— Isso é só para mostrar a você que eu sei tudo, Elvis. Então, comporte-se e lembre-se: nada de escorregar em casca de banana. E vigie a sua namorada, não deixe que ela converse com qualquer um por aí. E o principal: não fale sobre a investigação com ela e com ninguém.

— Certo, doutor, entendi. Doutor, eu conversei com um pessoal aí, eles fazem umas escutas nos telefones, na boa, ninguém percebe.

— Elvis, mas nós podemos e devemos pedir autorização judicial, você não estudou isso? É crime invadir privacidade sem ordem judicial. Parece que você não leu a Constituição.

— Eu li, doutor, mas tenho a impressão de que fica mais fácil investigar sem a Constituição. E sabe o que eu pensei? Se a gente pede autorização, D. Darlene passa a ser suspeita e isso pode ser uma injustiça, o senhor não acha? E se a gente não encontra nada, fica pior, dá um atestado de inocência a ela.

— Elvis, você está se esquecendo de uma lição meio básica. A inocência não precisa ser provada, ela é, está, existe. O que precisa ser provada é a culpa. Nem isso. Os fatos, Elvis, eles é que são provados. E esquece essa história de escuta, interceptação, sei lá o quê, não autorizada. Aqui não tem disso, você entendeu?

Nisso ele se levantou e eu também, é claro. Não ia ficar lá sentado enquanto ele ficava de pé me dando lição. Eu comecei a achar que seria difícil descobrir qualquer coisa sem alguma invasão de privacidade. Do jeito certinho, seguindo as regras, ninguém descobre nada. Isso estava claro para mim.

Aí ele abriu uma gaveta, tirou um jornal de dentro e me disse:

— Leia o obituário de Lidu. Você já leu?

Eu não tinha lido.

— Leia várias vezes e depois conversamos. Agora preciso pensar, Elvis, pode ir para sua sala.

Ele gostava de pensar. Na época eu não imaginava que escreveria o livro que agora escrevo, minhas memórias do caso. Não imaginava que chegaria a tanto. Ele esperava de mim uma redação sobre a pistola Walther PPK e eu devolvi um relato sobre a nossa investigação. Ou sobre a nossa falta de investigação, porque a gente não fazia nada, vamos falar a verdade. Aquilo não era investigação. Investigação exigia espionagem, e o Dr. Magreza não era espião de nada.

Espião é uma palavra mais antiga. Faz tempo não ouço falar em espião, porque, hoje, todo mundo pode ser um. O *google* facilita muito as coisas. Se bem que espião de verdade, profissional, não é chamado assim. É chamado de agente, oficial, técnico em informação, sei lá, ator, mascarado. Parece que a Julia Child, que tinha aqueles programas de culinária, foi espiã do governo americano na 2ª Guerra. Taí. Cozinha e espionagem têm tudo a ver. Eu podia pesquisar isso melhor. O que o Chef Lidu teria de tão valioso e importante que causou sua morte?

O doutor não estava nem aí. Só pensava em pôquer e em Elisa. Se bem que eu também começava a pensar em Elisa. Elisa virou para mim um tipo de musa. Do quê, não sei. Uma musa.

Peguei o jornal com o tal obituário e fui para a minha sala. E li. Aquele texto ocupava uma página inteira do jornal. Não era um obituário. Era quase uma biografia do cara. Não autorizada, é claro. Mas, ainda assim, benevolente.

33

"Há dez anos frequento a Brasserie Lidu. Vi o início de tudo, quando Carlos Breno Silva, nascido na cidade de São Paulo, fez, de uma garagem no bairro do Bixiga, uma sala de almoço. A proposta era oferecer pratos bem preparados a preços módicos para uma clientela que procurava farta e saborosa comida italiana. Carlos, descendente de italianos, passou manhãs na cozinha de sua avó, observando o preparo de iguarias piemontesas. Enquanto seus amigos jogavam futebol, ele ajudava a preparar molhos de tomates suculentos. Fazia isso por gosto, mas também porque — um dia me disse —, tinha vergonha de sua barriga adolescente balançando sob a camiseta suada. Ele contou o fato e depois soltou uma sonora gargalhada. Para Carlos, tudo terminava em pizza. Ou em riso. A sala de almoço fez sucesso por diversas razões, mas a principal era a simpatia do anfitrião. Casou-se cedo com Darlene Martins, que conheceu durante um almoço no lugar. Ela era muito rica e o casal logo levantou verbas para uma sala maior e melhor no elegante bairro dos Jardins. Por influência de Darlene, Carlos passou a preparar cozinha francesa. Adotou o nome de Chef Lidu. Morou seis meses na França. A cantina tornou-se *brasserie*. A transformação caiu bem, porque Chef Lidu foi, logo, elogiado por clientes e pela imprensa em geral. Um dia lhe perguntei a razão de ter escolhido a cozinha francesa como negócio e ele respondeu que gostava de novidades e desafios. E dos molhos, enfatizou. Disse que Darlene, sua mulher, o estimulara a tomar novos caminhos. Nunca ficamos amigos, mas tivemos conversas camaradas. Saí sempre do restaurante com o estômago acariciado e o humor renovado. Ontem, soube que Chef Lidu foi assassinado. Triste fim para alguém que proporcionou tanto prazer aos que tiveram a oportunidade de entrar em seu jardim encantado, onde tudo funcionava à perfeição, desde a recepcionista até o café acompanhado de madeleines proustianas. Lidu mantinha louça impecável, talheres de prata e copos de cristal aos sábados à noite. Sua salada de *homard* (lagosta) era inesquecível, assim como minha sobremesa preferida: *savarin*. Há alguns meses, Lidu fez alterações no cardápio que descaracterizam a comida francesa. Suprimiu pratos clássicos do cardápio e alteração gerou irresignação de alguns clientes habituais. Contratou cozinheiro espanhol para elaboração de uma gastronomia mais criativa, explicou aos curiosos. O fato é que essas mudanças de rumo de sua *brasserie* geraram instabilidade na avaliação técnica do restaurante. Dizia-se que, no ano seguinte, já não estaria entre os melhores. Porém, o restaurante estava cada vez mais cheio e as mesas precisavam ser reservadas com semanas de antecedência. A ausência de Chef Lidu será sentida na cena gastronômica paulistana. Espera-se que Darlene, sua mulher, consiga manter a Brasserie Lidu entre nossas melhores opções."

 Parei de ler. Aquele texto me deu náuseas. Mas prestei atenção na importância que o jornalista deu à mulher de Chef Lidu. Aquela dona não me agradava, alguma coisa nela estava errada.

 Eu estava no caminho certo.

34

Peguei um inquérito para relatar. Furto de cerveja no supermercado. Claro que o cara foi preso. Cerveja apreendida na sacola. Corpo de delito mais do que evidente. Provado. As garrafas foram apreendidas, o sujeito foi preso em flagrante e depois colocado em liberdade, seguranças do supermercado ouvidos disseram a mesma coisa, até vírgulas no mesmo lugar. Mas o doutor estava preguiçoso naquele dia, nem para mudar o texto dos depoimentos, os dois depoimentos dos dois seguranças estavam idênticos. Comigo isso não acontecia, eu gostava de cuidar dos textos. E comecei o relatório: "No dia 14 de janeiro de 2009, na cidade de São Paulo, na Rua Martins Fernandes nº 50, no Supermercado Pavone Ltda, Fernando Assis foi preso em flagrante-delito delito porque subtraiu duas garrafas de cerveja. As garrafas foram apreendidas. A fita com gravação das câmeras está às fls. 60. Perícia concluiu pela originalidade da gravação e do conteúdo das garrafas: cerveja".

Pô, o cara foi filmado. O líquido no interior daqueles recipientes de vidro foi examinado. A investigação demorou mais de três anos. E o sujeito admitiu a prática do delito. Então: "Interrogado no auto de prisão em flagrante, o indiciado admitiu que o conteúdo das garrafas destinava-se a uso próprio, pois é alcoólatra."

Será que o sujeito, sendo alcoólatra, deveria ir para tratamento? Será que o sujeito, tendo furtado duas cervejas, é alcoólatra? Ou ele disse que era para escapar da Justiça? Isso não me cabia dizer. Uma coisa era certa: o furto não era famélico. Palavra boa: famélico.

A Glória chegou bem nessa hora, em que eu pensava na palavra famélico. Ela estava voltando do grupo de dieta. Não tinha almoçado. Tirou um sanduíche natural da bolsa e começou a comer. Parecia estar com fome.

— O que tem nesse sanduíche?

— Peito de peru, alface, tomate e queijo branco.

— E pode comer pão?

— Pode, integral pode.

— Você já emagreceu?

— Estou tentando.

— Vai levar a sério ou vai fingir?

— Vou levar a sério, já que estou lá. Na semana que vem, quando eu me pesar, se não tiver perdido pelo menos meio quilo, vou ficar com vergonha.

— Vai. E que você viu lá?

— Vou contar só para o doutor. Ele é que é meu chefe, não você.

— Conta as impressões gerais, então.

— Bom, as pessoas lá só falam em comida, contam as delícias que elas não comeram, os pudins e as mousses que deixaram de lado. É isso, elas gostam de falar de comidas que engordam.

— Estranho.

— Parece que funciona. A gente sai de lá sem vontade de comer. É como ver revista com fotografia de comida. Você come só de ver. Mas vou te falar uma coisa. Eu estou gostando. Conheci gente legal. Até uma pessoa. Mas só vou falar para o doutor. Olha ele chegando do almoço.

— Ô Glória, de dieta?

— Oi, doutor, já estou terminando e vou conversar com o senhor. Tenho notícias.

— Venha até a minha sala.

— Posso ir também, doutor?

— Pode, Elvis, mas você fica quieto e ouve, só ouve, entendeu?

Concordei. Fiquei como uma terceira pessoa na sala, ouvindo com atenção o que foi dito.

35

GLÓRIA TINHA CONHECIDO UMA PERSONAGEM QUE SERIA CENtral na história do assassinato de Chef Lidu: Monalisa. Descobriu quando todos se apresentaram e dissimulou como nunca havia feito. Não esboçou qualquer reação ao ouvir o nome Monalisa dito pela moça esquálida que estava na reunião. A moça ficou impassível do começo ao fim, não fez qualquer comentário sobre a alimentação e Glória percebeu uma lágrima descendo em sua face no momento em que a coordenadora fez uma homenagem ao membro do grupo falecido, assassinado de maneira brutal, Chef Lidu.

Dr. Magreza ficou incomodado com a descoberta de Glória. Então Monalisa frequentava as reuniões. Mas por quê? Ela não era magra? Glória disse que não tinha ideia da razão de Monalisa estar no grupo. Havia algumas opções: ou ela acompanhava Chef Lidu, ou ela mesma queria manter o peso. O fato é que derramara uma lágrima e isso significava que estava sentida. Foi o que Elvis deduziu da conversa. E ousou falar:

— Doutor, podemos descartar um suspeito, então.

Ele foi muito ríspido:

— Elvis, já disse que você é mero espectador. Uma lágrima não significa nada. Pessoas choram por qualquer motivo. Algumas lágrimas são propositais.

Glória falou:

— As colegas fizeram uma homenagem comovente a ela porque ela levou Chef Lidu ao grupo e ele conseguiu perder muitos quilos, mudou os hábitos alimentares. Foi bonito, doutor, nunca vi tantas palavras bonitas.

Glória começou a chorar. Derramou uma cachoeira de lágrimas. Dr. Magreza ficou preocupado.

— O que é isso, Glória, por que você está assim? Você nem conhecia o Lidu.

— Me emocionei foi com a amizade, doutor. A solidariedade, eu nunca tive isso, ninguém nunca fez uma demonstração assim para mim.

Aí eu tive que falar:

— Mas Glória, você não morreu.

— Não foi pra ele a homenagem, foi amizade a ela, à Monalisa. Era como se ela fosse a viúva. Ela parece ser uma pessoa boa.

— Muito boa, tão boa que derramou uma lágrima. E você aqui se debulhando. Chega, isso é trabalho, Glória, com trabalho a gente não se emociona. Trabalho a gente faz. Tantos anos comigo e você não aprendeu. Você se encanta com qualquer coisa. Bom, e o que a moça faz no grupo? Ela não é magra?

— Doutor, depois eu perguntei para uma colega. Ela é magra hoje, mas perdeu 30 quilos. O senhor pode imaginar o que é perder 30 quilos? A pessoa se transforma, vira outra, os amigos estranham, duvido que ela tenha os mesmos amigos. Eu acho que as pessoas perderam a confiança nela, deve ter acontecido alguma coisa assim. Não a convidaram mais para jantar ou almoçar. Coitada, doutor. Por isso ela é esquisita. Perdeu a identidade.

36

Naquele momento percebi que objetividade e frieza eram quase impossíveis em qualquer investigação. É difícil manter a razão nesse trabalho de descobrir quem praticou um crime. Um assassinato. Glória estava emocionada, tomada. Chorava muito. Não devia ser só por Chef Lidu e nem por Monalisa. Ela devia estar tensa com a dieta, isso sim. O regime. Dizer não, não e não aos brigadeiros e bolos de aniversário que os colegas levavam nas festinhas da tarde. Pouco carboidrato no sangue.

Dr. Magreza fez um sinal para nos retirarmos. Um sinal imperceptível, um aceno de mão, um gesto simples. Mas percebemos. Saímos.

Voltei ao meu inquérito, precisava cumprir a estatística, nem só de casos famosos vive uma delegacia de polícia. E ela, já composta, voltou a comer seu sanduíche de baixas calorias. Era pouco, ela ia passar mal depois. Mas não falei nada. Eu estava torcendo pelo sucesso da dieta de Glória. Não queria estragar tudo. Ela tinha conseguido uma coisa legal para nós: descobriu a Monalisa. Agora era evidente que ela — Monalisa — tinha um romance com a vítima. E evidente que Darlene tinha alguma coisa a ver com aquela sordidez toda.

Foi nesse momento que entrou um advogado. Só podia ser advogado, vestia terno e tinha aquela confiança insuportável que eu já conhecia bemsabia que eles tinham da faculdade, os advogados.

Os advogados se acham, principalmente os advogados criminalistas (meu pai não é advogado criminalista, mas também se acha). São os donos do mundo. Defendem os bandidos com a maior cara de pau. Eles fazem com que a gente se sinta idiota. Só eles são espertos. Porque tem uma nulidade no processo, o flagrante é nulo, o escrivão redigiu tudo errado, o sujeito não confessou, às vezes dizem até que o cliente foi torturado. Que a gente torturou. Imagina eu torturar alguém. Ou o Dr. Magreza, magro do jeito que é. Ou a Glória? A Glória?

Não, os caras são demais, estão acima de qualquer arrogância. Aquele era um advogado típico. E ele veio direto para minha mesa.

— Boa tarde.

— Boa tarde, doutor.

— Eu queria ver um inquérito.

— Pois não?

— É o inquérito que cuida do homicídio do dono do restaurante Brasserie Lidu.

— Esse inquérito é sigiloso, doutor. O senhor tem procuração?

O inquérito não era sigiloso. Não tinha escuta telefônica, não tinha quebra de sigilo bancário, tudo ali era público. Mas o caso era famoso, tinha repercussão. E eu resolvi que era sigiloso. Inventei isso na hora. O inquérito era nosso, porra. O que aquele cara queria com ele?

— Sigiloso por quê? O senhor sabe que o Estatuto da Ordem garante meu acesso.

— Preciso falar com o delegado.

— Pode falar com quem quiser. Espero e não saio daqui sem ver o inquérito.

— Posso ver sua OAB?

O sujeito me mostrou a carteira. Advogado. Número meio antigo. Fui até a sala do doutor.

— Doutor, tem um advogado aqui, ele quer ver o inquérito do Chef Lidu.

— E é advogado de quem?

— Não disse, perguntei e foi logo dizendo que tem direito, sem mais. Ele não quer saber de limitações. Disse até que vai impetrar MS.

— Impetrar o quê?

— MS, mandado de segurança, doutor.

— Elvis, quem te ensinou a falar MS?

— Todo mundo abrevia, doutor.

— Mas aqui não, aqui você fala os nomes inteiros, mandado de segurança, *habeas corpus*. Diz que o inquérito está no Fórum.

— Mas não está.

— Elvis, você não sabe criar uma situação? Diz que o inquérito está no Fórum.

— Olha lá, doutor, não quero ser acusado de abuso de autoridade.

— Vai lá e diz. Qualquer coisa fala pro doutor entrar aqui. Converso com ele.

Camisa impecável. Gravata italiana (eu achei que era, pelo menos). O terno era bem cortado, não parecia terno de loja de departamentos. Aquele era um terno de alfaiate.

— Doutor, fui ver e o inquérito não está. Foi com pedido de prazo.

— Prazo pra quê?

— Pra investigação. Esse caso é bem difícil. Não leu na mídia? Mataram o Chef Lidu e *au revoir*. Desculpa perguntar, doutor, eu sei que o senhor não precisa dizer, mas estou curioso. Aqui entre nós, por que o senhor quer ver?

— Curiosidades acadêmicas. Estou fazendo uma pesquisa para o doutorado e quero estudar o inquérito.

— Ah, bom, ali não tem nada de interessante. Ninguém descobriu nada, só se fala de *sorbet*, *soufflè*, *pièce de résistance*. Se o senhor estiver estudando gastronomia, ainda vai. Mas talvez nem para isso sirva.

Falar verdades nunca é apropriado. Mas também não gostava de mentir. Então dei um colorido à investigação. Colorido, não. Dei uma incrementada no prato feito, vamos dizer assim. O doutor não deu uma risada. Entregou seu cartão e eu logo li: Dr. Álvaro Pinheiro, escritório nos Jardins. Nunca tinha ouvido falar. Tipo de milionário. Se eu fosse assim como ele, não ia nem a tribunal.

— Como é seu nome?

— Elvis.

— Como o cantor?

— Não, nada a ver.

— Elvis, diga ao Dr. Magreza que Álvaro Pinheiro esteve aqui. Ele sabe quem eu sou. E vai se lembrar bem do nosso último encontro. Pois então. Diga que, quando tiver alguma novidade, me procure.

E saiu, saiu com aquela ginga petulante, dando passos com sapatos engraxados. Eu peguei o cartão e fui atrás do Dr. Magreza.

37

— Doutor, o causídico se chama Álvaro Pinheiro e disse que o senhor sabe quem ele é. Deixou esse cartão.

Dr. Magreza encrispou a cara. Ele sabia quem o sujeito era e não gostou nada. Eu perguntei:

— Então, o senhor sabe?

— Mais ou menos. É conhecido de Darlene.

— Só isso?

— Que é, Elvis? Está desconfiando de mim?

— Eu não, doutor. Só fiquei curioso.

— Darlene e eu fomos contemporâneos da faculdade, ele é da turma de Darlene e um dia brigamos. Nós brigamos na faculdade por causa de Darlene.

— Como assim, doutor? O senhor gostava dela?

— Foi um flerte, uma paquera. E ele ficava em cima dela, um dia dei porrada, mesmo. Tinha tomado todas e enchi o cara de porrada.

Eu nunca tinha ouvido Dr. Magreza falar daquele jeito. Eu sabia que eles se conheciam, Darlene e ele, mas, se ele tinha gostado dela, era outra coisa, tudo mudava. Era comprometedor.

— E agora, doutor, como é que a gente fica?

— Agora nada, Elvis, tem um monte de inquérito te esperando.

— Doutor, agora me lembrei daquela ameaça que recebi no *facebook*. Eu não, o senhor recebeu. Será que não era desse gravatinha?

— Talvez. Se bem que ele não é do tipo de fazer isso, ameaça anônima.

— Doutor, essa história está começando a ficar perigosa. É melhor alertar a imprensa.

— Não tem nada que fazer isso, Elvis. A imprensa é que alerta a polícia, nunca o contrário. Você não aprende as regras.

— Bom, vou deixar o senhor com seus problemas. Dá licença. Ah, uma coisa me pareceu interessante. A gravata dele era cor de vinho e tinha umas bolinhas prateadas.

— E o que é que tem?

— Tem que aquele cara que brigou no restaurante, lembra, que ficou nervoso porque não tinha um prato, o tal *gigot*, ele usava uma gravata assim, pode ver no inquérito.

— Vou pensar nisso.

Quando eu já estava na porta, ele falou:

— Elvis, preciso que você me faça um favor.

— E o que seria, doutor?

— Entre nós, Elvis, não comenta com ninguém. Você poderia ir ao apartamento de Darlene quando ninguém estiver vendo? De madrugada, por exemplo?

— Fazer o quê, lá?

— Elvis, você sabe, não sei se sabe, mas estudei com Darlene na faculdade e tivemos um... um relacionamento. Nessa época, esse advogado que veio aqui estava noivo dela. E brigaram por minha causa. Ele nunca me perdoou.

— Noooooossa.

— Ele viu que estou cuidando do caso e veio aqui me provocar, colocar uma sombra na minha vida. Elvis, o passado sempre volta.

— Isso é um pouco grave, doutor. Aposto que foi ele que ameaçou o senhor pelo *facebook*.

— Ou ele ou alguém a mando dele. Elvis, daqui a pouco me aposento, não posso deixar isso estragar minha carreira. Eu tenho uma reputação.

— E uma reputação virtual a preservar. Imagina se ele sai disparando contra o senhor na internet.

— Não tinha pensado nisso.

— É bom pensar, doutor. Por que o senhor não sai do caso?

— Vou até o fim. E depois, foi latrocínio, Elvis, só pode ter sido. Quem teria motivos para matar Lidu? Falta o motivo, entende?

— E o que o senhor quer que eu procure no apartamento?

— É que, quando nós tínhamos esse... relacionamento, vamos dizer assim, dei alguns presentes para Darlene. Um colar com medalha de ouro. De um lado está gravado meu nome e, do outro, o dela. Um livro com dedicatória datada. Fernando Pessoa, sabe?

— Não sabia que o senhor gostava de poesia.

— Houve um tempo em que eu gostava muito. Darlene, não. Talvez ela tenha vendido o livro para um sebo.

— Não acredito. E na medalha e no livro está o seu nome?

— Pedro Júlio. No livro, a letra é minha.

— O senhor, hein? Como foi capaz de fazer uma burrice dessas?

— Como assim?

— Nada, esquece. O senhor tem razão. Pedro Júlio não é um nome muito comum. Se fosse só Pedro. Melhor resgatar esses presentes.

— É, aí a gente aproveita e dá uma olhada no resto. E pode haver outras provas interessantes para a investigação, indícios. Você não suspeita de Darlene? Então é a hora de provar. Você procura, leve luvas, não deixe impressões digitais. E aproveita para ver o que há no apartamento. Lembra-se da nossa busca e apreensão? Chegou a hora.

— Dr. Magreza, o senhor está me propondo invasão de domicílio e furto de joias. Não posso fazer isso.

— Não, Elvis, quero que você tire do apartamento quaisquer provas do meu relacionamento com Darlene, só isso. E quero que dê uma examinada geral no lugar. Não é furto. A intenção é que vale. Você não aprendeu na faculdade? Você pegará algo para devolver a uma pessoa que já teve a coisa. Você não terá intenção de furtar. Não haverá dolo, Elvis. Não haverá crime.

— Até eu explicar isso e o juiz acreditar serão anos de cana, doutor. Por que o senhor não pede para ela?

— Não posso. Se eu fizer isso, fico na mão dela. Ela vai achar que estou dando muita importância para um relacionamento terminado e vai usar isso contra mim. Vai me chantagear.

— O senhor acha que é ela?

— Que matou Lidu?

— Não, a Vassoura Assassina.

— Eu acho que pode até ser.

— O senhor gosta dela.

— Passado é passado. Foi importante. Mas acabou.

— É, mas o senhor continuou indo ao restaurante, visitando a mulher, lembra do colar, do livro do Fernando Pessoa. Não é tão simples.

— Bom, você vai ou não vai?

— Mas se eu achar alguma prova, não vou poder pegar, não vai valer, vai?

— Não vai, mas aí pedimos ao juiz. Oficializamos a pesquisa, sabe como é? Então, você vai?

— Vou, doutor, para o senhor eu faço tudo. Não deveria, mas sinto tentação de assumir esse risco. É contra os meus princípios, o senhor sabe.

— Contra os meus, também. Obrigado, Elvis. Preciso tirar essas coisas do apartamento antes que o promotor invente de fazer uma busca e apreensão na casa de Darlene. Quando ele não tiver o que fazer, vai ter essa ideia. É sempre uma diligência. E agora que a arma foi encontrada, a investigação ganha alternativas.

— Positivo, doutor, vou entrar lá. Só não sei como.

— À noite ela está no restaurante, por volta das 8. Você entra no prédio como se fosse visitar um amigo, no sétimo andar, vizinho de porta. O porteiro vai tocar o interfone e o sujeito não vai estar, ele nunca está. Eu já chequei. Ele faz faculdade à noite. E então você diz que precisa subir para deixar uma carta importante debaixo da porta. Ele vive travado, esse vigia, ele está sempre chapado, já chequei isso também. Aí você entra no elevador, coloca as luvas e abre o apartamento com essa chave aqui.

Dr. Magreza tirou do bolso uma chave, a chave do apartamento de Chef Lidu.

— Dr. Magreza, o senhor não dorme em serviço, hein? Tem a chave do apartamento dela. Doutor, o senhor ainda tem esse... relacionamento com D. Darlene?

— Não, Elvis, um dia ela me deu a chave para a hipótese de alguma coisa acontecer com eles, ou no próprio apartamento. Lidu sabia que ela tinha me dado essa chave. Eles confiavam em mim. Eu sou da polícia, sabe como é. Eu sou de confiança.

— Eu também sou da polícia e ninguém me dá chave de apartamento. Muito suspeito tudo isso.

— Você vai ou não vai?

— Vou, pelo senhor eu faço tudo, já disse. Mas se der chabu o senhor vai lá e resolve, não quero nem saber. Eu entrego o senhor. Digo que o senhor me mandou ir e que se eu não fosse me incriminaria em alguma coisa pior. Mais fácil pedir os troços.

— Não, vai ser pior. Ela faz escândalo com tudo.

38

Fiquei com muita pena de Elisa. Nunca imaginei que o doutor pudesse ter tido um relacionamento com aquela mulher. Nunca imaginei que ele pudesse pautar suas condutas por esse relacionamento. D. Darlene era sinistra, autoritária. Ela exercia um domínio sobre o meu chefe. Ele tinha medo dela. Elisa, não. Elisa era inteligente, bonita, nem consigo encontrar adjetivos para definir Elisa. Tenho adjetivos para Darlene, mas, para Elisa, só tenho bons sentimentos. Eu amo Elisa.

Eu ia ajudar meu chefe só para ajudar Elisa. Não queria que ela soubesse de nada pelos jornais, aquela relação espúria do Dr. Magreza não podia virar um escândalo.

Pelo menos uma questão estava resolvida, eu acho: a ameaça no *facebook* tinha dono. O doutor advogado. Ele tinha raiva do Dr. Magreza e agora, conhecendo o ponto fraco dele, sabendo que ele trabalhava em um caso em que não deveria trabalhar, mandava ameaças pelo *facebook*. Estava resolvida a pendência. D. Darlene também poderia ser a Vassoura.

Sou obsessivo. Quando tenho alguma coisa pra resolver, não consigo dormir, não consigo respirar. Só penso na coisa.

A coisa. E a coisa tinha sido a mensagem no *facebook*. E agora a visita ao apartamento. Resolveria hoje mesmo, nessa noite. Eu iria lá.

Quando faço uma coisa que eu sei que é errada, entro em paranoia. Quando vou fazer uma coisa que eu sei que é errada, entro mais ainda em paranoia. E começo a imaginar situações. Imagino que eu mesmo matei Chef Lidu. Peguei aquela arma no próprio escritório dele e dei um, dois, três tiros, até quatro, cinco, e nove tiros nele. Imagino a arma latindo, um estampido, dois estampidos.

Será que eu matei?

39

Elvis preparou-se com cuidado para a missão de entrar no apartamento de Chef Lidu, assassinado, e de sua mulher, Darlene. Aquela missão era uma conduta ilícita. Ainda assim, ele estava pronto. Sua primeira missão proibida. Entrava na investigação pela porta da frente. Não, dos fundos.

Quando os ponteiros do relógio estacionaram no 12, Elvis pegou as luvas pretas e saiu de casa, não sem antes dizer adeus à sua mãe, que cochilava em frente à televisão.

Elvis colocou uma garrafa de gim no bolso da jaqueta, saiu devagar, sem fazer barulho, desceu as escadas. Morava no primeiro andar de um edifício de três andares na Vila Mariana. Chegou ao portão, abriu, fechou e ficou no ponto de ônibus, esperando a condução que o levaria ao apartamento situado a uns vinte minutos dali. Preferia ônibus a metrô. Gostava de passar pela Avenida Paulista durante a noite, observando as pessoas que voltavam do trabalho, na maioria das vezes animadas, ou no máximo cansadas, mas não preocupadas. Gente preocupada não anda de ônibus e nem a pé, anda de carro. Quem está a pé sabe que não adianta se preocupar. A não ser que precise entrar em um apartamento que não é o seu. Uma pessoa como Elvis.

O ônibus chegou. Elvis sentou-se em um dos lugares vazios, estavam quase todos vazios. Tirou os fones de ouvido do bolso, passou a ouvir The Clash. O grupo de rock não era da sua época, mas ele gostava. Aquela batida o deixava animado, excitado, disposto.

Elvis percebeu que estava na hora de descer e, logo que o ônibus parou, saltou. Caminhou até o edifício. O prédio era chique, mas nem tanto. Era um prédio antigo. Seu coração começou a bater forte, mas ele respirou fundo e tudo se normalizou. Tocou a campainha e o porteiro perguntou aonde ele ia. Ele disse que ia ao apartamento de José Renato. O porteiro disse que José Renato não estava. Elvis disse que não tinha importância, queria só deixar uma carta com uma encomenda. A encomenda era muito valiosa e ele precisava deixar sob a porta do apartamento. Pediu ao porteiro que o deixasse subir, prometendo uma garrafa de gim importado. A história do gim tinha sido inventada por ele mesmo, Elvis, e não por Dr. Magreza. Elvis estava com o gim no bolso da jaqueta de couro preta. Como o porteiro bebia, ele achou uma boa ideia dar o gim. E foi, porque ele mostrou a garrafa e disse: "Olha, você começa a beber, eu subo lá e desço e aí a gente toma um trago junto, pode ser?" O cara concordou na hora. Sujeito fraco. O pior é que, nas circunstâncias, ele era um bandido. E o cara abriu o portão, que fez *tlec*. Elvis colocou o gim na janela perto do porteiro e foi entrando. Entrou, pegou o elevador, parou no andar de Darlene, abriu a porta, pôs a chave na porta e entrou, na maior. Ninguém viu. Só o porteiro. E as câmeras de vídeo, só isso. Mas ele não deixaria marcas, rastros, ninguém ia se lembrar de olhar aquelas imagens, era gente entrando e saindo o tempo inteiro. As câmeras quase nunca funcionavam. Mas Dr. Magreza disse que só examinariam as câmeras se D. Darlene chamasse a polícia, e ela nunca chamaria. Por causa de um colar dado de presente décadas atrás? Ela nem daria pela falta daquele colar. Ele é que não queria o colar na relação dos objetos apreendidos no dia em que resolvessem fazer uma busca na casa da vítima.

    O apartamento estava escuro mas, como a janela estava aberta, entrava luz da rua e dos outros apartamentos. Ainda assim, Elvis precisou ligar a lanterna do celular. Tinha esquecido de trazer uma lanterna decente, que mancada. Elvis logo se acostumou e viu que o apartamento de Darlene estava cheio de móveis velhos, objetos, enfeites, adornos, estantes, livros. Havia uma estante de livros de culinária e uma estante de guias de viagem e romances, em geral clássicos: *O corcunda de Notre Dame*, *O amante de Lady Chatterley*, *Os irmãos Karamazov*, *Lolita*. Alguém ali gostava de ler. Mas nada de Fernando Pessoa. O tapete era oriental, as paredes estavam cheias de quadros e os quadros pareciam ser de artistas famosos, as molduras eram bonitas ou, pelo menos, pareciam caras. Elvis não resistiu e foi até a cozinha. Estava nojenta. Pratos sujos de restos de comida estavam em cima da pia. Ou a mulher era porca ou estava muito deprimida para lavar a louça. Até tinha uma máquina de lavar louça. Elvis abriu, por curiosidade, e estava vazia. Ou seja, era preguiçosa, mesmo.

    Elvis abriu a geladeira, teve assim como que uma curiosidade. E o que havia ali? Bolo de chocolate com cobertura de brigadeiro, só isso. Ah, tinha uma panela com arroz e outra panela com alguma coisa estranha, tipo sopa. O bolo de chocolate estava pela metade. Quem teria feito aquele bolo? A mulher era gorda e ainda comia bolo? Elvis fechou a geladeira e resolveu cumprir logo a função, estava lá havia algum tempo e ainda queria beber um pouco daquele gim, se bem que não era de beber, mas precisava comemorar o serviço bem feito. Não tinha a menor dúvida, pegaria o colar. E também não ia desperdiçar o gim todo com o porteiro.

No quarto, a cama estava desfeita. Deu uma olhada e estava tudo muito desarrumado, uma pessoa desequilibrada morava ali. E foi direto procurar o livro e a medalha. Não estavam lá. Aquele Dr. Magreza era uma fraude. Tinha mentido pra ele.

Aí Elvis abriu as outras gavetas das cômodas. Curiosidade. Tinha calcinhas, cuecas, as roupas de Chef Lidu ainda estavam lá. Várias bermudas brancas. Por que ele usava essas bermudas brancas? E Elvis abriu armários. E no maleiro, no armário atrás da porta, ele viu uma caixa estranha. Olhou melhor. Era uma caixa de arma de fogo: Walther PPK. Elvis abriu.

Vazia.

40

Elvis ficou estupefato, essa era a palavra. Não sabia se deixava a caixa lá ou não. Então ele tinha razão, a arma era da vítima. E ele tinha razão. A megera tinha mandado matar. Com a arma dele mesmo. Ou dela. Talvez porque Chef Lidu estivesse de casinho com a Monalisa. Pronto, crime resolvido. Só faltavam as provas. Mas para isso ser provado ele precisava deixar a caixa lá. Se levasse a caixa embora, quem ia ser suspeito do crime era ele, Elvis. Pego no ônibus com a caixa de uma Walther PPK. Não tocaria na caixa. E não avisaria o doutor. Ele avisaria o promotor, isso sim. E ele pediria a busca e apreensão. Mas então cometeria uma traição. Elvis trairia seu chefe ao dizer ao promotor que deveria pedir uma busca e apreensão no apartamento de Darlene, mulher da vítima. Não podia fazer isso. Como ele diria ao promotor que havia no apartamento a caixa de uma Walther PBK? Ele não podia dizer isso. Ele não podia trair Dr. Magreza. Mas ele merecia essa traição. E não tinha traído Elisa com a megera?

Elvis não acreditou que aquele caso com Darlene estivesse acabado. Em nenhum momento acreditou.

Deixou a caixa no lugar onde estava. Não tocou nela. Procurava um colar que não existia. Dr. Magreza queria que ele fosse pesquisasse o apartamento. Aí Elvis entendeu tudo. Dr. Magreza estava atrás daquela caixa. Da Walther PBK.

41

Tomei o gim com o porteiro. Ficamos ali conversando um tempo e, quando alguém chegava, escondíamos os copos. Se D. Darlene chegasse, seria de carro, pela garagem, e não me veria.. Então fiquei bêbado, me despedi do amigo e saí andando pela rua. Eu precisava de ar.

    Subi a Rua Augusta inteira. Estava cheia. Os carros andavam devagar e comecei a imaginar uma outra vida para mim. Uma vida de playboy. Mulheres lindas ao meu lado, na minha ferrari vermelha. Parei em um bar, comi um pão na chapa, sentei no balcão e fiquei olhando as pessoas por um tempo. E tomei uma decisão. Eu vivia tomando decisões. Não ia contar ao doutor que tinha encontrado a caixa. Ia esperar e ver o que ele fazia. Não queria mais me envolver naquela sordidez.

    Pensei em Elisa. Elisa era muito mais velha que eu. Eu só pensava em Elisa, fiquei mesmo possuído pela imagem de Elisa. Uma pessoa com quem havia trocado cinco sentenças completas, no máximo. Elisa casada com aquela pessoa tão esquisita como Dr. Magreza, por quem eu começava a sentir um pouco de ódio e, até, desprezo.

42

Dormi pouco naquele dia. Quase não dormi. Tomei banho, fiz a barba e fui para o trabalho. Nenhuma mensagem no *facebook*. Havia muitas notícias, mas nenhuma mensagem da Vassoura Assassina. O perfil do advogado. Não tinha certeza.

A Glória nem tinha chegado. Nem o doutor. E um mensageiro veio trazer um documento e eu vi, era o laudo da arma. O laudo que deveria dizer se os furos na barriga de Chef Lidu tinham sido provocados por aquela arma encontrada no bueiro na frente do restaurante. Minha vontade foi abrir, só que não abri. Por mais que o doutor fosse um cínico, o laudo estava destinado a ele.

Coloquei o envelope na mesa dele e a Glória chegou. Feliz. Tinha emagrecido 300 gramas em três dias. Perguntei se era muito ou pouco e ela disse que era o suficiente. Estava no caminho certo, contando direito as calorias dos alimentos, não tinha caído em tentação séria.

— E a Monalisa, você tem visto?

— Tenho, ela foi ontem. No dia em que ela vier prestar depoimento você me avisa para eu sair, não quero que ela me veja, hein?

— Não sei por que o doutor ainda não intimou.

— Elvis, ele sabe a hora de fazer as coisas. Ele é sábio. Ah, sabe quem vem aqui hoje? A D. Elisa. Você não achou ela bacana? Então, ela vem aqui.

Eu não queria ver Elisa com Dr. Magreza. Seria capaz de contar tudo para ela.

— Ah, é? E a que horas ela vem?

— Vem buscar o chefe para almoçar.

Eu precisava conversar antes com o doutor sobre a diligência. Contar a ele que o livro e o colar não estavam lá e que a caixa da arma estava. Eu não ia conseguir me segurar. Não se pode servir a dois senhores. Ele me deu a missão e eu a cumpri. Devia uma satisfação.

— Glória, você conhece D. Darlene?

— Não, nunca vi. Não é flor que se cheire. Aqui entre nós. Eu acho que ela matou o marido.

— Eu também acho.

— Mas se o doutor não tiver certeza, ele não vai concluir isso no inquérito. Ele não gosta de suposições. Vai dizer que é autoria desconhecida e pronto. Ele vai dizer isso, sabe? Trabalho aqui faz tempo e já sei como funciona. Quando ele não quer, não descobre nada. Elvis, pelo que eu estou sentindo aqui, sabe qual é a lição que a gente tira desse caso? É preciso perder peso. Gordura não tá com nada.

— Mas e o Chef Lidu, não morreu?

— É, o peixe morre pela boca. Ele morreu porque mexeu com amor e dinheiro e quando a pessoa faz isso paga o preço. Olha o nosso chefe chegando.

43

O DOUTOR ESTAVA CANSADO, DEU PRA VER QUE ELE NÃO DORmiu. Logo me chamou para a sala dele e fechou a porta. Fez sinal para eu sentar e isso era muito raro.

— E então, pegou a medalha e o livro?
— Não estavam lá.
— Não?
— Não, eu não achei.
— Procurou bem? Nos lugares certos?
— Procurei em tudo. Mas achei uma coisa. A caixa da arma.
— Então está lá.
— O senhor sabia que ele tinha essa arma?
— Sabia, ele me disse.
— Ah, então o senhor sabe coisas que não me conta. Doutor, larga o caso, doutor.
— Não posso, agora é tarde. Elvis, eu tive muita confiança em você. Não me traia.

Traição é uma palavra que eu odeio. Odeio traidores e a traição em si. Àquela altura, eu queria era pular fora. Não queria mais descobrir nada. E me lembrei:

— Ah, doutor, chegou um documento. Acho que é o laudo. Coloquei na sua mesa.

— Vamos ver o que diz esse laudo, Elvis.

O doutor abriu com cuidado o envelope, com método, devagar. Eu não me aguentava de curiosidade. Aí ele leu e pareceu aliviado.

— O laudo é bem claro. Os tiros foram à queima-roupa, a arma periciada apresenta nove disparos. Foi jogada no bueiro. A arma encontrada é a arma do crime. Sem digitais.

Devo dizer, ele ficou bem contente com o resultado. Já eu, não. Estávamos dando voltas em torno do nada. Mas aí ele disse.

— Está na hora de ouvirmos Darlene. Prepare a intimação para quarta-feira.

44

Foi o depoimento mais longo que digitei. Ela ficou seis horas na delegacia. A imprensa toda do lado de fora. Quando ela entrou, acompanhada de um advogado (adivinhe quem), os fotógrafos não perdoaram. Era *flash* e *flash* e *flash*. Ela não era suspeita e nem culpada, mas era a única pessoa mais ou menos interessante que seria ouvida naquela investigação.

Ela estava vestida de cor de vinho, um vestido sério. O advogado era o de sempre. Reconheci e já fiquei com raiva dele, era o cara do *facebook*. Ou D. Darlene seria? Não tinha provas.

Ele estava todo empolado, deixou D. Darlene sentada no banco e veio falar comigo. Eu disse para esperar. Entrei na sala do doutor e ele me disse que fizesse o sujeito esperar. Não daria regalias à depoente.

Eles esperaram uns quarenta minutos. Ela lia uma revista e ele consultava o celular. iPhone, claro. De vez em quando trocavam algumas palavras. Ele tinha paciência. Estava acostumado a esperar. Mas o Dr. Magreza sabia muito bem que quarenta minutos é o tempo limite. Mais do que isso e a pessoa fica irritada demais e, talvez, incontrolável.

Aí o doutor veio. O depoimento seria na minha sala. Havia cadeiras para todos. Ela se sentou na minha frente e eu pedi o documento. Endereço, R.G., profissão, essas coisas, os preâmbulos que iniciam todo depoimento. Esse procedimento prévio costuma acalmar a pessoa, mas às vezes a deixa mais nervosa. O momento é sempre tenso.

Ela e Dr. Magreza nem se olhavam. Ele e o advogado trataram-se de uma maneira muito formal. Os repórteres estavam lá fora, dava para vê-los da janela. Alguns fumavam. O advogado devia estar com vontade de acender seu cigarro, mas era proibido fumar ali. Então ele ficou balançando os pés. Eu estava tranquilo. Curioso e tranquilo. Ela podia ter matado o marido. Ah, mas uma dúvida ainda existia: a arma encontrada no bueiro era a arma de Chef Lidu? Era isso que o depoimento iria esclarecer, de quem era aquela arma, entre outras coisas. Então tudo começou. Dr. Magreza perguntando, ela respondendo. Aparentemente, eles nunca tinham se visto. Ela fingia respeito e ele mostrava autoridade. Um teatro dos melhores.

— D. Darlene, onde a senhora estava na madrugada do dia 15 de abril, dia em que seu marido foi assassinado?

— Estava em casa, doutor. Fui para casa e Lidu resolveu dormir no restaurante.

— Elvis, vou ditar: "Que no dia 15 de abril a depoente estava em casa e a vítima estava no restaurante Brasserie Lidu, de sua propriedade." D. Darlene, o restaurante era só de vocês dois?

Ela fez cara de surpresa. Pergunta inesperada. O advogado mexeu-se na cadeira, descruzou as pernas. Não estavam preparados. Mas ela era esperta.

— Oficialmente?

— Sim, claro.

— Sim, o contrato está em nosso nome.

Vi que o doutor sentiu que alguma coisa estranha tinha ali, mas passou por cima.

— E o que Chef Lidu fez de diferente no último mês? Estava sofrendo algum tipo de pressão, sendo ameaçado?

— Que eu saiba, não. Estava mudando, isso sim. Tinha perdido peso, estava interessado em diversificar os pratos, queria mais criatividade. E uma moça nova estava trabalhando lá e deixava Lidu muito ansioso, isso eu preciso contar.

— É mesmo? Que moça.

— Monalisa. Ela deixou Lidu encantado. Muito magra, começou a colocar minhocas na cabeça dele. Ele ficou tomado pela tal. Mudou hábitos, passou a correr toda manhã, não queria mais dormir em casa, só no restaurante.

— E essa Monalisa, como apareceu?

— Apareceu procurando emprego e ele logo a contratou porque ela era quieta e ele queria silêncio no restaurante, foi o que ele disse. Ele estava cansado de confusão. Ela mandou currículo.

— Currículo?

— Fez relações públicas.

— Ah, sei. E havia alguma coisa entre os dois além do relacionamento profissional?

— Não sei. Eu acho que estavam começando alguma coisa. Acho. Havia boatos.

— Entendo. E a senhora sentiu raiva?

— Raiva? Eram boatos. Um cozinheiro novo começou a trabalhar na Brasserie e espalhava boatos de todo mundo.

— E Chef Lidu tinha arma?

— Arma?

— Arma de fogo.

— Tinha, mas ele não tinha porte e nem estava registrada. Ele deixava a arma no restaurante.

E aí ela contou tudo sobre o cozinheiro espanhol, as tanajuras, a comida vegetariana (eu não aguentava mais ouvir essa história), até que o doutor perguntou:

— E quem era o cliente que brigou porque tiraram um prato do cardápio?

— Que cliente?

— Um funcionário seu contou. Talvez tenhamos que agir rápido para descobrir esse cliente. Me parece uma pessoa importante no contexto.

— Não sei, preciso consultar a agenda do restaurante, minha memória. Vou pensar e depois digo.

— O que mais a senhora pode dizer? Desconfia de alguém?

— A única pessoa que tinha motivos para matar Lidu era o namorado da Monalisa. Ele estava doente de ciúmes e é um moço bem atrapalhado. Sabia que havia trufas e dinheiro lá. Ele é suspeito. Para mim, foi ele. E depois, doutor, os cadernos de Lidu sumiram. Ele tinha uns segredos de cozinha lá.

— Isso constará do termo.

O advogado se mexia, ele estava agitado. Ele tinha brilhantina no cabelo.

O doutor não estava muito contente. Ele queria fazer a dona sofrer, estava na cara. Mas ele não fazia isso de um jeito agressivo. Ele só não começava a ditar o termo. Ele não dava o assunto por encerrado. Ele perguntava e perguntava. Uma voz calma. Tranquila. Estava no domínio da situação. Ele ia do assunto da comida para o assunto da arma e voltava para a comida, os funcionários, até que chegou no vigia.

— D. Darlene, a senhora conhecia bem o vigia?

— O Jessé Alves? Estava lá há um ano.

— Ele só trabalhava para vocês?

— É, e era registrado, viu?

— E quando vocês saíam tarde da noite, ele observava a rua, cumpria sua função?

— Sim, ele cumpria, sim.

— Naquele dia, quando a senhora saiu, ele estava no posto?

— Estava, eu conversei um pouco com ele, ele estava bem.

— Era toda noite assim?

— Era, às vezes os meninos davam alguma coisa para ele comer, ou beber, era uma pessoa confiável.

— E no dia do crime, o que aconteceu, foi tudo normal?

— No dia do crime eu mesma dei a ele um prato de comida e suco.

— Só isso?

— É, foi.

— E ele comeu.

— Comeu, porque eu o esperei comer.

— E a senhora sempre esperava?

— Não, só aquele dia eu esperei.

— E por quê?

— Não sei, eu queria que ficasse tudo em ordem.

O doutor colocou tudo o que ela falou no termo, menos a parte da comida do vigia. Era tanta coisa, eu tinha até esquecido do vigia. Não entendi por que a gente ainda não tinha ouvido o vigia, o Jessé Alves.

A última pergunta foi:

— D. Darlene, a senhora e Lidu ainda se davam bem? Viviam bem, quero dizer?

— Olha, doutor, até que, nas circunstâncias, nós nos dávamos muito bem.

— Nas circunstâncias?

— É, com as mudanças todas de Lidu. Eu tinha paciência. Achava que era uma fase de transição. Só não esperava que o levasse à morte. O namorado da Monalisa era um sujeito nervoso, sabe? O vigia mesmo pode dizer isso.

Em síntese, foi o que ela disse. Estou encurtando um pouco a coisa, senão fica muito longa a história. Se a gente conta um fato do jeito mesmo que aconteceu, não termina nunca. A gente pode parecer o Proust com seu tempo perdido e essa não é minha intenção. Eu sentia de novo confiança em meu chefe. Ele tinha alguma coisa na cabeça. Mas por que não colocava tudo no termo?

Ia deixar o namorado da Monalisa pagar o pato?

45

Dr. Magreza acabou deixando a imprensa ler o inquérito e, no dia seguinte, saiu nos jornais que já havia um suspeito para o crime: o namorado de uma funcionária do restaurante. Ele estaria revoltado com o envolvimento da funcionária com Chef Lidu e, ainda por cima, endividado. Levou as receitas para vendê-las a interessados. Os livros de receita de Chef Lidu continham segredos, alguém compraria. As trufas ficaram por causa do cheiro forte, mas, em compensação, o *filet mignon* foi subtraído. O filé seria destinado a um prato muito apreciado, *filet de boeuf aux truffes*. E levaram dinheiro. E os nove tiros resultaram da profunda raiva que o namorado tinha da pessoa sofisticada que era Lidu. Uma jornalista mais romântico falou, inclusive, em inveja. Monalisa não tinha nada a ver com a história, mas seria a próxima pessoa a ser ouvida. Foi o que as matérias disseram, no geral.

O rumo das investigações não estava me agradando muito. O namorado era a parte fraca da cena e seria um bode expiatório, pensei eu. Cheguei a comentar isso com o Dr. Magreza, mas ele não quis saber.

— Elvis, a vida é assim, não dá pra proteger sempre os fracos e oprimidos. às vezes a gente sacrifica alguém. E foi o menino, sim, claro que foi.

— Mas, doutor, como o senhor pode acreditar nisso. Ela plantou essa história!

— Como você sabe?

— É óbvio, tá na cara. Ela e o advogado.

— Elvis, o advogado não tem nada a ver com isso, ele veio acompanhando Darlene.

— Mas ele era apaixonado por ela, não era? E ele veio aqui com aquela história de pesquisa acadêmica, lembra? O senhor já deu porrada nele, não deu? Ele brigou no restaurante porque não tinha aquela carne estranha, não brigou? Então, e o senhor já ouviu falar nele como advogado? Nunca! Eu vou perguntar para o meu pai se ele conhece o cara.

— Eu sabia, Elvis, eu sabia que no fundo você não passa de um filhinho de papai. Você nunca me enganou, Elvis.

— Tá, retiro o que eu disse, não vou perguntar nada pra ele. E ele fuma, o senhor não sente o cheiro? É Marlboro! Ele fumou aquele dia no balcão do restaurante. Ele atirou no Chef Lidu.

— E por que ele faria isso?

— Não sei, mas ainda vou descobrir.

46

Fiquei tão concentrado contando o depoimento da megera que esqueci de falar de Elisa. Ela almoçou com o doutor naquele dia. Passou lá na delegacia. Ela me deu um beijo no rosto. O sorriso dela era luminoso. Os cabelos dela estavam limpos e soltos (sempre reparo nos cabelos das pessoas). Ela saiu de mãos dadas com ele. Ela estava de branco. Vestido branco. E um colar vermelho. Ela entrou na sala dele e eu ouvi uma gargalhada. Eu queria ter uma mulher como Elisa. Ela é muito mais velha que eu, mas é um modelo, queria ser mais velho para ela se interessar por mim.

Eu sou um filhinho de papai. E um puxa-saco, segundo Vassoura Assassina.

Mudando de assunto, por onde andava aquele vigia? Resolvi dar um rolê pelos Jardins para perguntar por ele aos vigias das ruas próximas ao restaurante. Ele tinha sumido, ninguém dava pela falta dele, o doutor não falava nada. Muito suspeito tudo isso.

Saí em diligência. Se eu podia entrar no apartamento da megera, podia fazer perguntas inocentes pelas ruas.

Jessé Alves, o nome dele era Jessé Alves.

À noite, de madrugada, peguei um ônibus. E lá fui eu. Desci e fui andando, parei perto do primeiro vigia que vi. Um cara forte, grandão, de terno e gravata, naquele calor. O restaurante era chique. Quanto mais chique o restaurante, maior o vigia. Acho que os donos tinham medo de arrastão, só podia ser.

Eu não deveria estar falando em vigia. Certo, mesmo, era falar segurança. Mas o Jessé Alves, da Brasserie Lidu, ao que consta, não era assim. Era magro, mirrado (ao que consta). Ouvi dizer.

Bom, vamos aos fatos: ele estava dormindo e quando o sujeito ativo do homicídio chegou, não estava acordado para contar. E, quando, de manhã, apareceu a primeira pessoa no restaurante (o cozinheiro mais antigo, não o espanhol), ele já não estava. E não ouviu os nove tiros.

Parece — foi o que o doutor falou, porque só ele viu aquela gravação da câmera do prédio — que o vigia dormiu e acordou meio sonolento e se levantou meio tonto e foi embora para casa (isso eu não sei, mas deve ter sido), caminhando. Já era de manhã quando isso aconteceu.

O nome dele era Jessé Alves e era magro. Era não: é.

Parei perto de um cara grandão que montava guarda na frente de um restaurante de bacana e fiquei ali vendo os carros chegarem e os bacanas entrarem. BMW, Jaguar, Mercedes. Mulheres de cabelos lisos, loiras. Não se pareciam com Elisa e muito menos com a Rafaela (coitada da Rafaela, nunca mais falei nela). E muito menos com D. Darlene, a megera. Fiquei ali e, quando o cara se desligou um pouco da observação, perguntei:

— Por acaso você conhece o Jessé Alves?
— Que Jessé Alves?
— Vigia da Brasserie Lidu. Vigia não, segurança.
— Quem é você?
— Eu sou da polícia. Agente.

— Só respondo na presença do advogado.

O sujeito estava orientado. Se eu estivesse armado era outra coisa. Mas não estava. Resolvi conseguir a informação na amizade.

— Bom, amigo, ele está desaparecido e há uma suspeita de que ele tenha matado Chef Lidu.

O cara mudou:

— Não, não matou, não, puseram um troço na comida dele, ele saiu do posto e desmaiou aqui na frente., o colega levou para o pronto socorro.

— É?

— É, mas já tá bom, fiquei sabendo. Foi para a casa da irmã no interior, ficou com medo.

— Medo do quê?

— Medo. Só estou falando isso porque ele é gente boa e não pode pagar pelo que não fez. Eu vou lá e atesto, pode me chamar.

— Qual colega levou?

— Amanhã ele tá aqui.

47

Glória estava na frente do computador cantando *El dia en que me quieras* no karaokê. Ela gritava, comovida. Eu nem sabia que ela cantava, e muito menos em espanhol.

— Tem muita coisa que você não sabe sobre mim, garoto.

Eu odeio quando me chamam de garoto. Ela parou e eu contei sobre o vigia.

— Ih, isso tá me cheirando muito mal. O ontem, no grupo, a Monalisa estava nervosa, nem quis falar, chegou atrasada. Eu acho que ela nem se pesou. Não sei por quê, ela é tão magra.

— E tá indo bem a dieta?

— Não é dieta, garoto, é reeducação alimentar. A gente pode comer tudo que não tenha açúcar, gordura e carboidrato.

— E isso não é dieta?

— Não, eu tenho que reeducar o meu cérebro e até já reeduquei. Você pode trazer um balde de brigadeiro aqui e eu não vou ter vontade. Agora, quando eu fico nervosa, eu canto.

— Ah, então é isso que você está fazendo, aliviando a ansiedade às 9 da manhã.

— Não, eu estava cantando.

— Tá bom. Glória, sabe o vigilante do restaurante? Fiquei sabendo que ele passou mal na manhã do crime, foi até pro PS. Preciso avisar o doutor, ver a ficha dele no hospital.

— Não adianta mais.

— Não?

— Não, foi o namorado da Monalisa, mesmo. Ela ligou para o doutor, vem aqui à tarde. Vai trazer provas de que foi ele. O Ronald. Agora já temos um culpado, Elvis.

— Como assim? Você tem alguma coisa a ver com isso? Conversou com ela no grupo? Você contou pra ela que trabalha na delegacia?

— Não, querido. Mas eu dei uma forçada de barra. Disse que li, em um jornal do bairro, que o Dr. Magreza já sabia quem matou e que o melhor seria a pessoa se entregar. A pena ia ficar mais baixa se a pessoa confessasse. Eu dei a entender que seria melhor confessar. Pra todo mundo.

— Você falou que trabalha no caso?

— Você acha que eu nasci ontem? Claro que não. Eu só dei a entender que é melhor quando o culpado confessa, que a polícia já tinha descoberto tudo sobre o crime, que eu entendia um pouco de leis, que sempre a confissão pacifica a alma.

— Você não devia ter interferido nisso. Talvez não tenha sido ela. Pode ter sido a D. Darlene.

— Queridinho, você se lembra que o meu chefe se chama Dr. Pedro Júlio Magreza? Só me reporto a ele, entendeu? Falo o que quero, com quem quero e como quero. Você quer acreditar que foi a Darlene, implica com ela desde o início. Mas você precisa se conformar, nem toda investigação termina como a gente quer.

48

Elvis ficou embasbacado. Não acreditar na justiça era uma coisa, mas ver a sacanagem acontecendo na frente dele era muito mais grave. Foi para a sala do doutor e ele já tinha chegado, estava no computador, na internet, vendo *e-mails*. Perguntou se era verdade que Monalisa ia depor e o doutor disse que sim, sem se virar, sem qualquer emoção na voz, para ele a oitiva seria igual à da testemunha de um furto de veículo, por exemplo. Elvis quis saber que provas ela tinha e o doutor disse que a prova era contundente: um tênis com uma gota de sangue. Elvis falou da conversa com o segurança e tudo o que o doutor fez foi recriminar o fato de ele ter saído em diligência sem ordem ou autorização, a atitude merecia uma apuração disciplinar, era motivo de suspensão de serviço, mas ele não ia fazer a comunicação porque Elvis era jovem, inexperiente, idealista e arrogante. E que se preparasse para a oitiva.

Às 11 horas, Monalisa chegou com uma sacola de plástico e Elvis logo adivinhou que dentro dela havia um tênis. Glória tinha saído da sala porque não queria ser reconhecida, não obstante, em seu computador, a tela inicial mostrasse uma enorme fotografia sua entre flores vermelhas e amarelas em um parque. Elvis olhava aquela fotografia e não podia deixar de se perguntar se tinha sido montada no *photoshop*. Glória parecia uma artista de cinema. Monsalisa não olhou, ela estava com os olhos vidrados, apagados, foscos, muito esquisita. Perguntou pelo Dr. Pedro Júlio e o doutor logo surgiu, arrumando a camisa para dentro da calça, o doutor não tinha feito a barba naquele dia e não tinha chamado os repórteres para o depoimento.

Monsalisa tinha um cabelo curto, liso, a cara redonda, os lábios finos e crispados (adoro essa palavra) e vestia uma saia meio curta que deixava as pernas finas à mostra. Usava sapatilhas baixas e guardava a sacola apertada contra o peito. Muito esquisita, Elvis pensou.

Então Dr. Magreza a levou para a sala dele e chamou Elvis, que não entendia ainda por que algumas pessoas eram ouvidas na sala do escrivão e outras na sala do delegado, qual o critério. Preferia digitar no seu próprio computador, mas não podia interferir naquele ato procedimental.

No momento em que se sentou, o doutor lhe ofereceu um café da garrafa térmica (ainda estava quente) e ela recusou. Também, trabalhando em restaurante, estava acostumada a cafés mais frescos. E então ela começou a chorar e entregou a sacola ao doutor. Ele abriu, tirou o tênis branco e sujo (um *all star*) e ela apontou para uns pontinhos escuros que estavam na parte da frente de um deles e disse que tinha certeza de que aqueles pontinhos eram o sangue de Chef Lidu.

Aí começou a choradeira. Ela explicou que o namorado tinha ciúmes doentio, batia nela, o braço estava até marcado, às vezes ele até mordia (que esquisito). Cada vez era pior, ele não suportava o trabalho dela. No dia dos fatos, saiu dizendo que ia "quebrar a cara daquele cozinheiro de merda" (cozinheiro de merda era Chef

Lidu). Ela telefonou e avisou Chef Lidu que Ronald estava a caminho para tirar satisfações. Mostrou o celular em que havia, mesmo, um registro de telefonema. Ele saiu (o namorado) e voltou depois de um tempo com os olhos estranhos, meio calmo e cansado, tirou a roupa e dormiu sem falar nada. No dia seguinte, sabendo da morte do patrão, perguntou ao companheiro se tinha sido ele e ele disse que não. Mas aí ela achou que ele ficou mais estranho ainda. Parou de bater nela, mas não conversava e não falava. Ela viu o tênis que ele tinha usado, estava manchado. As manchas pareciam sangue. Então ela guardou o tênis sujo. E o doutor ditava: "Que no dia dos fatos, foi ao restaurante, mas estava fechado. Que decidiu que não voltaria mais lá, pois sabia que não era querida, sabia que D. Darlene a ela atribuía as transformações de Chef Lidu, o que não era verdade, pois, quando o conheceu, ele já estava em outra fase de vida."

(Eu detestava esses quês que o doutor colocava no meio das frases, mas ele dizia que era um jargão insuperável, aquele quê não dizia nada e dizia tudo, se um depoimento não tivesse "que", não seria um depoimento. Eu duvidava disso, mas escrevia como ele mandava.)

Ela também disse que o noivo sabia de tudo o que estava escondido no restaurante. Sabia, também, que havia uma arma no escritório, porque ela mesma havia dito a ele que lá havia uma arma de fogo. Elvis estranhou essas alegações, porque ele mesmo tinha visto a caixa de uma arma na casa de Chef Lidu. Se bem que Chef Lidu deve ter deixado a caixa da arma em casa. Normal. A essa altura estava já tudo meio confuso e Elvis perguntou a ela como o namorado sabia que no restaurante havia dinheiro e *filet mignon* (como se fosse importante, mas a realidade é que o filé foi subtraído), ao que ela respondeu que não sabia. Elvis perguntou se o namorado ia muito lá e ela disse às vezes. Elvis perguntou com quem ele falava e ela disse com D. Darlene porque ele ficava esperando na saída e D. Darlene ia lá fora para fumar. Sim, ela fumava, assim como o namorado, e eles fumavam juntos, do lado de fora do restaurante.

Esclarecendo melhor, Elvis fez essas perguntas no momento em que Dr. Magreza saiu da sala para atender um telefonema. O telefonema era importante e ele saiu da sala e Elvis aproveitou para fazer perguntas a Monalisa. Perguntas de verdade, não aquelas perguntinhas bobas que o Dr. Magreza perguntava. E, quando ele voltou, Elvis disse:

— Doutor, sabe que D. Darlene conversava sempre com o namorado da depoente? Eles fumavam fora do restaurante, na calçada, ela acabou de dizer isso. O cigarro, doutor, era de um deles. E ela disse também, doutor, que eles conversavam, olha só, doutor.

— Elvis, quantas vezes eu já disse que quem pergunta sou eu? Pode encerrar.

— Mas e o cigarro? Faltará, no inquérito, a informação de quem fumou aquele cigarro.

— E que importância tem o cigarro, Elvis? Temos sangue no tênis, é suficiente.

— Bom, doutor, eu acho que...

— Você não acha nada. Faça o que eu digo.

Terminado o termo, Monalisa deixou o calçado em cima da mesa, levantou e saiu. Mas o doutor chamou de volta. Ela deveria assinar o termo de entrega do tênis. Ela assinou e foi embora.

Aí o doutor olhou para Elvis e disse:

— Veja você, meu aprendiz, ela acusa o namorado. Temos um suspeito.

— Não acredito nela, doutor. Não acredito. Alguma coisa não casa nessa história.

— Acredite ou não, é a versão que temos. Vamos examinar esse tênis imundo e a conclusão será: sangue de Chef Lidu.

Já sei, vejo lá longe. Qual é o nome do nosso suspeito, mesmo? Ronald Silvério?

— Acho que é, doutor.

— Hora de ouvir o culpado.

— Mas o senhor já vai concluir o inquérito?

— Chegado o exame, fecho a investigação. Estou cansado disso, Elvis, já perdemos tempo demais por aqui. O moço matou por dinheiro e por amor, tudo ao mesmo tempo. Pode começar o relatório.

49

E assim o inquérito foi relatado. Escrevi tudo o que aconteceu, as pessoas ouvidas, as perícias. O laudo concluiu que o sangue no tênis de Ronald Silvério era de Chef Lidu. E Ronald Silvério foi ouvido e confessou. Foi encontrado na casa da mãe em Guarulhos. Eu encontrei.

    Fui lá com a intimação. Ele estava que nem um bebê, sentado na mesa da cozinha tomando leite com chocolate. A mãe, uma senhora meio caída, logo me mandou entrar e tomar um leite também. Eu aceitei, contrariando todas as regras, eu sabia que não devia me envolver, mas não recuso um nescau. E eu estava curioso, queria saber até que ponto o cara estava comprometido.

    Ele estava tão nervoso, estava mesmo me esperando. Não, ele esperava alguém, não eu. Ele esperava uma autoridade maior. Mas quem estava no papel era eu. E logo disse que já ia se entregar, estava só terminando o leite. A mãe começou a chorar. Ela dizia, não, Ronald, não foi você, eu sei que não foi. E ele respondia, fica quieta, mãe, já disse que fui eu.

Aí entreguei a intimação, que dizia para ele comparecer no dia seguinte à delegacia, eu não tinha ordem de prisão, não tinha nada, só aquela intimação.

Achei bom conversar um pouco e acalmar o cara, acalmar a mãe. Eu queria mostrar que nós não éramos nem violentos e nem autoritários. Perguntei por que ele tinha apagado Chef Lidu. Ele respondeu que o cara estava roubando a Monalisa dele e ele não suportou. Perguntei sobre os livros de receitas, o *filet mignon*, o dinheiro. E a resposta foi: livros queimados, *filet mignon* apodrecido, dinheiro gasto. Gasto com quê? Despesas gerais.

A mãe olhou surpresa, ela não sabia nada sobre dinheiro, sobre carnes, sobre receitas. E a arma? Perguntei.

Ele disse que a arma era do próprio Chef Lidu e ele a tinha jogado no bueiro perto do restaurante, depois do crime. Chef Lidu estava esperando por ele quando chegou. Vestido, de tênis. Monalisa talvez o tivesse avisado e isso o deixou mais irritado ainda.

Alguma coisa não estava batendo. Ele pegou a arma no restaurante ou já estava com a arma? E para que ele ia queimar os livros de receita? Sabe o que ele respondeu? "Não queria que ninguém mais se lembrasse da existência de Chef Lidu, ninguém mais ia comer a comida daquele filho da puta." Por isso queimou as receitas.

Achei justo. E a Monalisa foi lá e entregou o tênis, ele sabia disso? Sabia, uma vaca. Vaca. A mãe chorava e dizia que era tudo mentira, ela gritava, chorava alto, atrapalhava a nossa conversa. Aí eu perguntei se ele ia manter aquela versão no dia seguinte e ele disse sim, ele não ia fugir. Ele ia assumir os próprios atos, não era covarde e não ia passar a vida escondido atrás de uma mentira.

E não fugiu, mesmo. No dia seguinte estava lá, de camisa passada, com o depoimento pronto. Quase não tive trabalho para digitar, foi tudo muito rápido.

Dr. Magreza estava tranquilo. Não ia precisar fazer mais nada, as conclusões do inquérito estavam mais do que satisfatórias: crime passional. Instrumentos do crime apreendidos. Provas contundentes. Tudo estava solucionado. Se houvesse confissão, então, maravilha. E houve.

O doutor pediu a prisão de Ronald Silvério, mas nem precisava. Ele estava se entregando e não oferecia mais risco nenhum à sociedade.

Ele foi ouvido e confessou o homicídio. Disse que Monalisa lhe falou, naquela noite, que o largaria por Chef Lidu. Eles iam se casar e mudar para a Espanha. O cozinheiro espanhol tinha oferecido o apartamento dele. Iam morar em Barcelona.

À noite, de madrugada, Ronald foi até o restaurante tirar satisfações com Chef Lidu. Contou que Chef Lidu atendeu a porta e o convidou a entrar. Já o estava esperando. Começaram a discutir e Chef Lidu pegou a arma. Ele não teve trabalho para tirar a arma da mão de Chef Lidu porque ele nem sabia segurar a arma direito, logo deixou cair. Aí ele se empolgou, deu um tiro, deu outro, e mais sete. O primeiro foi para matar e os outros para machucar a pele, furar a barriga, perfumar a alma suja dele. Concluído o trabalho, ele rapou o lugar. Pegou a carne, os livros de receita, o dinheiro, pegou tudo o que estava por ali. Ia pegar as tais trufas, mas cheiravam mal. Elvis peguntou a ele se fumava. O doutor não deixou responder:

— Elvis, quem pergunta aqui sou eu.

Elvis teve a ideia de dar o tênis para ele experimentar. Dr. Magreza não pôde recusar. Aquela diligência tinha toda procedência. Elvis tirou o tênis do saco plástico e o deu para Ronald. Ele tirou o sapato e colocou o pé direito dentro do tênis.

Elvis achou que estava difícil, o sapato era meio apertado. Mas o tênis entrou. Ficou justo, mas entrou. Ronald se desculpou:

— Eu nem usava muito esse tênis, apertadava. Mas era meu.

Elvis quis fazer um termo de experimentação de tênis. O doutor não deixou.

— Elvis, esse termo é desnecessário. O sapato serve e pronto.

E foi assim.

O fato é que o tênis foi examinado e chegou-se à conclusão de que o sangue era de Chef Lidu. Mesmo tipo sanguíneo. A prisão preventiva do Ronald foi decretada e ele aguarda o julgamento em uma cela com mais outros vinte companheiros. Ronald não tem curso superior. Ele já arrumou briga, apanhou muito dos colegas e agora ficou com medo e submisso. Vai saber que favores ele presta aos caras. Dizem que perdeu a identidade. Está irreconhecível. É claro que Monalisa não o visita na cadeia. Ela está trabalhando em outro restaurante, de comida brasileira. Casou-se com o dono. Viajam para Salvador todo mês e trazem ingredientes e novidades. Não frequenta mais o grupo de dieta e parece que engordou. Glória a viu na rua e disse que ela engordou uns quatro quilos. Talvez seis. Deve comer muito acarajé. Sabe como é, quem nunca comeu melado, quando come, se lambuza. Coitado do Ronald.

Bom, agora vamos aos fatos.

Minha opinião sobre tudo, fundada em provas. Melhor, em indícios: Ronald matou Chef Lidu porque Darlene o insuflou. Ela vinha contando a ele que Lidu e Monalisa ficavam muito juntos. Ela disse a Ronald onde estava o dinheiro, falou de receitas de cozinha valiosas. Depois disse que Lidu encontrava Monalisa em segredo. Ela contou tudo isso ao Ronald nas diversas noites em que fumavam na calçada. O cigarro encontrado no balcão era de um deles, talvez de Ronald, que fumou depois de matar Chef Lidu. Dr. Magreza sabia de tudo isso, mas não investigou muito porque queria preservar D. Darlene, mulher que ele já amara e de quem ele tinha certo medo. Ele não quis confusão para o lado dele. Não poderia ter coordenado a investigação. Ele tinha um passado com Darlene e era suspeito, estava impedido de trabalhar no caso, até. Por outro lado, ele não tinha certeza. Por isso ele me podava. Quando ele viu que na casa de Darlene não havia provas sobre o envolvimento deles, ficou mais tranquilo. Mas, ainda assim, não estava contente, e tudo o que ele queria era se livrar daquela história o mais rápido possível.

Agora, as perguntas que não querem calar: por que Darlene queria matar Chef Lidu? Ela deu remédio para o vigia dormir? Eles já não se amavam fazia tempo, ela e Lidu. Mas ela tinha investido muito nele e no restaurante. Tinham um relacionamento comercial. E ele estava levando o restaurante à falência. Ela pegara dinheiro emprestado do senhor advogado de gravata, quase que um sócio oculto do restaurante. As pesquisas gastronômicas de Chef Lidu estavam fazendo com que o restaurante perdesse a identidade francesa. E eles estavam com dívidas. O pior, no entanto, era que Lidu não precisava de Darlene. Ele tinha Monalisa.

Dr. Magreza não considerou a possibilidade de levar a investigação para esse caminho mais realista. Contei a ele sobre o vigia intoxicado por Darlene. O vigia estava tão dopado que nem ouviu os nove tiros. A verdade era nua e crua. Dr. Magreza disse que ele tinha o sono pesado. Darlene estava puta porque estava sendo chifrada. E endividada. No começo, não achou que Ronald fosse executar o serviço. Depois, viu que sim. E passou a dar cada vez mais informações a ele. Deu a arma, inclusive.

Eu cheguei a essas conclusões e, quando fui contá-las ao meu chefe, ele me disse que havia pedido minha transferência e que estava se aposentando e ia mudar para Paris. Eu fiquei como um bobo na frente dele.

— Mas, chefe, onde eu vou trabalhar?

— Você vai trabalhar no serviço de inteligência, Elvis. Vai trabalhar para descobrir quem são os integrantes de quadrilhas de cheques clonados.

— Mas, chefe, quase ninguém mais usa talão de cheque!

— As quadrilhas ainda existem, Elvis. Os poucos cheques são importantes e de alto valor. É para lá que você vai. Você vai contribuir muito, esses cheques clonados são prejudiciais à boa fé e à economia do país.

E é isso que eu faço agora, fico estabelecendo rotas de cheques, estudando as contas bancárias em que eles são depositados, vendo se são de fantasmas ou não, observando assinaturas. O trabalho é mecânico e um pouco chato. Mas eu vou sair da polícia. Já disse para a minha mãe que eu quero ser advogado criminalista e usar aquela gravata chique do amigo da D. Darlene.

Ela abriu um restaurante novo. Cozinha espanhola. O Chef é o cozinheiro espanhol. Fico pensando se eles já não estavam de caso. Mas parei de pensar nisso, de levar a conspiração assim longe. Mas o livro, vou publicar. O nome será "O assassinato de Chef Lidu: história de uma trama mal amarrada".

Ah, e tenho outra suspeita, também: Monalisa matou Chef Lidu. O tênis era dela e não de Ronald. Ronald a amava tanto que confessou um crime que não cometeu. Ele não suportaria ver Monalisa presa. Ela era muito frágil. Ela matou Chef Lidu porque se sentia sufocada por ele. Ele queria largar tudo por ela e ela não gostava dele tanto assim. Ela se sentia pressionada por Darlene, também. Tinha medo de Darlene. O caso dela com Chef Lidu tinha ido longe demais. Ele exigia uma definição e ela não tinha forças para sair da situação. Em um momento de pressão, deu nove tiros nele. Meio exagerada essa versão, mas pode ter sido assim. As pessoas surpreendem e são capazes de atos trágicos e inesperados.

A Rafaela me disse que eu posso me complicar com o livro. Disse que vou acabar com a reputação de várias pessoas, inclusive com a do Dr. Magreza. De repente a Rafaela ficou racional. Logo ela, que não liga para estabilidade, que estuda ciências sociais. Não sei. Talvez ela tenha razão. Vou mostrar meu escrito ao Dr. Magreza.

Vamos ver o que ele diz.

50

Eu mesmo relatei o inquérito, com minhas palavras banais, corriqueiras. Procurei ser o mais simples possível, sabia que aquele relatório era mais uma finalização burocrática da investigação do que qualquer outra coisa.

Mas foi o que o Dr. Magreza quis que eu fizesse. Foi o que ele recomendou. Ele teria ditado, se eu permitisse. Mas eu sei fazer meu trabalho. Ele assinou o relatório que eu escrevi. Ele poderia tê-lo escrito, mas não quis ter esse trabalho. E a conclusão do nosso inquérito era muito simples. Foi o namorado de Monalisa que tocou a campainha do restaurante e Chef Lidu atendeu e ele entrou e ele pegou a arma das mãos de Chef Lidu e deu nove tiros nele. Ele fez isso por amor. Ou por dinheiro. Pode ter sido por dinheiro. Ou porque Chef Lidu não lhe entregou as trufas. Mas é claro que ninguém mata por trufas. O sujeito pegou o *filet mignon* só para disfarçar, *filet mignon* esse que estava destinado à composição de *filet de boeuf aux truffes*. Matou Chef Lidu porque ele se relacionava amorosamente com Monalisa. Foi o que foi apurado. Foi o que foi relatado. E o Ronald está preso. Confessou.

Não engulo a história dele. Aposto que Darlene cometeu o crime por meio de Ronald. A própria Monalisa pode ter matado o amante. O tênis sujo de sangue podia ser o dela. Esses tênis *all star* cabem em qualquer pessoa. Ela pode muito bem ter usado o tênis dele. A pessoa estava de capacete. Ronald podia querer proteger Monalisa, de tanto que gostava dela. Dr. Magreza não me deixou investigar até o fim. Ele não queria saber da verdade. E o cara preso. Sofrendo na cadeia. Dormindo no chão. Trabalhando para os presos. Ele ia ficar muitos anos preso e meu livro poderia salvá-lo da condenação pelo Tribunal do Júri. Se Monalisa tiver matado Chef Lidu, Ronald pode ser absolvido. Se D. Darlene tiver colocado na cabeça de Ronald a ideia do assassinato, se tiver sido a mandante, a pena dele poderia ser reduzida. Ronald era meu herói.

51

Dr. Magreza tinha sumido. Ele se aposentou e mudou. Deixou um endereço de *e-mail*. Um *hotmail*. Escrevi a ele:

"Prezado Dr. Magreza: tenho novidades, escrevi um livro sobre o trabalho que realizamos juntos. Acho que o senhor vai gostar. Antes de enviar para uma editora, gostaria que o senhor o lesse. Onde posso encontrá-lo? Forte abraço, Elvis."

No dia seguinte, a resposta veio:

"Caro Elvis: por que você insiste em se intrometer onde não é chamado? Por que não se contenta com as respostas oficiais? O inquérito está concluído. Nosso trabalho terminou. Concentre-se em suas novas atividades. Você não pode se apegar aos casos, Elvis. Isso é só trabalho. Aprenda: é trabalho e nada mais."

Não me contentei com a resposta. Achei o fim. Eu estava com meu livro pronto. Queria terminar com uma entrevista dele, ficaria bom. Seria uma maneira dele se redimir, ele tinha interesse em me dar a entrevista.

A Rafaela sugeriu que eu fosse a Paris. É, porque o Dr. Magreza estava em Paris, não falei? Ele foi morar em Paris com

Elisa. Era sortudo demais, sozinho em Paris com Elisa, a cidade dos sonhos, do amor. Rafaela insistiu para eu ir. Era comprar a passagem, reservar o hotel e ir.

— Mas Rafaela, eu não falo francês!

— E daí? Você não sabe fazer mímica? Sabendo o que é *sortie* e *je ne parle pas français* e *bonjour*, dá tudo certo.

Comprei um livro de frases básicas de francês, a passagem, reservei um hotel no *booking.com* e fui. Um hotel bem simples e barato na Ile St-Louis. Eu ficaria dez dias. Escrevi para o Dr. Magreza (eu estava com saudades dele):

"Prezado Dr. Magreza: O senhor vai gostar, vou a Paris visitar o senhor. Chego dia 20 de março. Qual é seu endereço? Onde nos encontramos? Quero muito mostrar ao senhor o livro que escrevi. Eu poderia enviar um *e-mail*, mas quero fazer uma entrevista com o senhor. Um abraço, Elvis."

Ele respondeu:

"Elvis, não podemos nos encontrar, não estou mais interessado nesse caso e nem em outro. Eu me aposentei. Abs, Pedro Júlio."

Ele estava puto. Deu para ver que ele estava puto.

Não quis saber, enviei mensagem dizendo que ia e que, quando chegasse, avisaria. E nós nos encontraríamos. Mandei abraços a Elisa. Espero que ela esteja cuidando das suas camisas (pensei em escrever, mas não escrevi).

52

Fui a Paris. Fiquei pensando se Dr. Magreza não teria ido até lá para procurar os caminhos do Comissário Maigret. Acho que não. Foi para se divertir, mesmo. Ou para descansar. Ou para esquecer.

Fui a Paris com meu livro em uma pasta. Ele estava junto com os documentos que apresentaria na fronteira, se necessário: passagem de volta, seguro saúde, reserva de hotel. Levei o livro impresso, mas levei em um *pen drive*, também. Eu esperava não perder nem um nem outro.

O voo foi tranquilo. Cheguei amassado. A classe econômica é muito apertada. Fiquei encolhido por onze horas, com exceção dos minutos que passei no banheiro. O ser humano tem uma capacidade de adaptação surpreendente. Tantos presos ficam em solitária, por que eu não podia passar algumas horas em uma poltrona de avião tomando coca-cola? Aquele meio metro quadrado era meu. Eu estava em uma situação muito melhor que Ronald. Ali eu guardava minha mochila, meu celular, meu iPod. Ali eu li jornal. Eu tinha até mesmo uma TV. Aquele espaço era meu. É claro que eu estava no corredor e o colega ao meu lado tinha direito de ir ao banheiro. Eu me levantava. No meio da noite, cheguei a cochilar. Fiz uma revisão do livro, de minha vida, de meu namoro com a Rafaela. Nós éramos muito diferentes, mas eu não conseguia me desligar da Rafaela. Nem Elisa me tirou o amor pela Rafaela. E por seus *piercings* (Rafaela tinha vários). Fiz uma avaliação de meus motivos. Por que eu ia a Paris atrás do Dr. Magreza? Eu queria mostrar minha competência a ele, era isso. Eu tinha uma competitividade que me espantava. Eu estava competindo com o doutor. Logo com ele, a quem eu admirava e cheguei a idolatrar.

Saindo do avião, a policial francesa olhou meu passaporte e fez uma pergunta que não compreendi. Respondi a única frase que sabia inteira:

— *Je ne parle pas français*.

Ela perguntou:

— *Where do you go?*

Eu respondi:

— *Paris, just Paris*.

Por que eu disse *just Paris*, não sei. Poderia ter dito Paris. Mas disse *just*, como se o *just* me redimisse de alguma forma, como se me desculpasse por ter saído de meu país novo para passear na velha Europa.

Ela me devolveu o passaporte e prossegui aquele caminho até o guichê da imigração. Cheguei até lá porque lia as placas em que estava escrito *Sortie*. Rafaela tinha razão, eu sabia as palavras mágicas. Meu passaporte foi carimbado sem maiores formalidades, peguei minha mala e, quando percebi, eu estava livre, podia entrar em Paris. E peguei o metrô. As instruções para ir do aeroporto até Paris, que eu tinha lido em um blogue, estavam muito certas. Um cara sozinho não vai a Paris de táxi. Ele pega o metrô. É rápido, seguro e barato: o metrô.

É claro que fiz algumas trocas de vagão e de linhas, demorei um tempo, me perdi, mas cheguei ao hotel e ao quarto diminuto. E saí para passear. Estava tão ansioso que me esqueci de enviar um *e-mail* ao Dr. Magreza. Fui para a rua.

Estava frio, mas nem tanto. Havia um vento, mas não tão forte. Eu me sentia estranho, mas essa foi uma sensação agradável. Corri até o Sena. Eu queria muito ver aquele rio.

Voltando ao hotel, enviei um *e-mail* do computador que ficava à disposição dos hóspedes no saguão. Mas o Dr. Magreza não respondeu logo. Saí para jantar. Tomei sorvete na Bertillon. Comprei chocolates franceses para comer no quarto. Comi um crepe de queijo.

No dia seguinte, resolvi fazer uma passeio de barco pelo Sena. Demorei um pouco para decidir como faria, qual barco, etc, mas no fim fui até o barco mais óbvio: *bateau-mouche*. Já ouviu falar? Pois foi lá mesmo que eu fui. É uma empresa, os barcos são seguros. Achei mais fácil. O passeio de barco precedeu minha visita à Mona Lisa, minha visita ao Louvre. Cheguei à conclusão de que, naquele momento, estar no Sena era melhor do que estar no Louvre. O rio relaxaria minha mente. Eu estava com muitas ideias na cabeça e complicar tudo com uma visita longa e complexa a um dos maiores museus do mundo seria ruim.

Saí, mas, antes, chequei *e-mails*. Nenhum sinal de vida do Dr. Magreza.

O passeio do barco foi bacana e conheci uma pessoa: Naeko. Ela estava sozinha no barco. Uma japonesa solitária, magra, alta, com saias curtas e botas de cano longo. Bonita. A solidão e a aparente tristeza dela chamaram minha atenção. Eu também me sentia melancólico.

Eu a observei na fila, antes de entrar no barco. Quando vi, estava sentado ao seu lado. Conversamos um pouco em inglês. Ela mora no Japão, em Tóquio. Era a primeira vez que ia a Europa. Começou por Paris. Estava com uns amigos que não quiseram passear de barco. O casaco dela era marrom. Aí me lembrei de uma música que a minha mãe cantava: "Eu vou vestir o meu casaco marrom."

Terminado o passeio no fim da tarde, caminhamos pela cidade. Foi bom porque não precisei falar em língua uma. Fiquei em silêncio, fazia muito tempo eu não ficava em silêncio. Comemos crepe salgada, depois crepe doce (nutella), ela me disse que era a primeira vez que ia ao Ocidente e não estava achando tão estranho. Só um pouco estranho.

Naeko não gostava de museus. Então fomos até a Notre Dame. Caminhamos muito, horas. Não subimos porque Naeko estava com o pé um pouco machucado ela disse em um inglês meio lento. Eu também não queria subir. Ali perto estava uma livraria famosa, Shakespeare and Company. Entramos e um cara tocava um piano lá em cima, um cliente comum. Comum não, porque o som que ele fazia era profissional. Acho que ele não tinha piano em casa e usava aquele da livraria para estudar. Ficamos um tempão ouvindo e Naeko me contou que era pianista. Tocava música clássica. O pianista da livraria tocava jazz. Ele tocou até João Gilberto. Desafinado.

À noite, fui para o hotel e vi meus *e-mails* de novo. Uma mensagem. Dr. Magreza me esperava no dia seguinte às 3 da tarde no Louvre, bem em frente à Mona Lisa.

53

Não foi sem alguma emoção que vi a Mona Lisa pela primeira vez em minha vida. Ela estava lá, protegida por vidros. Muitas pessoas a admiravam e fotografavam. Foi difícil chegar até ela. Mona Lisa não ficou famosa assim que pintada por Leonardo. Depois que ela foi furtada, em 1911, ficou mais famosa. Se bem que Napoleão gostava tanto dela que a deixou nos seus aposentos. Li na *Wikipedia* o seguinte: "Um algoritmo de computador desenvolvido na Holanda pela Universidade de Amsterdã, em colaboração com a Universidade de Illinois nos Estados Unidos, descreveu o sorriso de Mona Lisa como uma mulher 83% feliz, 9% enjoada, 6% atemorizada e 2% incomodada."

Aí fiquei olhando bem a Mona Lisa para descobrir se ela estava feliz ou chateada e cheguei à conclusão de que estava feliz. Deve estar, ainda, porque ela tem espírito. Uma pessoa que fica com as mãos meio cruzadas enquanto milhares de pessoas, de diversas nacionalidades, a admiram, fotografam, e não precisa discursar, só olhar, deve ser feliz. Imagino como será a Mona Lisa à noite, quando ninguém estiver olhando. Será que ela para de sorrir?

Mas, passado o encantamento, não vi Dr. Magreza por ali. Esperei um tempo e nada. Ele não foi.

Aí vi o Louvre quase inteiro. Gosto de museus, mas também não adoro. Acho meio cansativo. Estava decepcionado com D. Magreza. Eu ia publicar meu livro sem a aprovação dele.

Chegando ao hotel, à noite, havia uma mensagem de Naeko. Ela me convidava a ir a Versailles no dia seguinte. Eu não tinha nada para fazer (a não ser conhecer Paris inteira) e aceitei. Marcamos às 8 na estação Invalides. Era a estação de nome mais fácil: Invalides.

Logo depois, chegou a mensagem do doutor. Pediu desculpas, estava com gripe. Só poderia sair em três dias. O clima de Paris não era favorável às suas alergias.

Eu não sabia que Dr. Magreza era alérgico. Em todo caso, não tinha muito o que fazer.

Fui a Versailles com Naeko e, no dia seguinte, continuamos passeando juntos. Eu não me lembrava da Rafaela. De vez em quando, mandava uma mensagem para a Rafaela. Ela respondia de maneira lacônica. A Rafaela tem uma qualidade que às vezes é um defeito: é muito prática e objetiva. Se eu não estava lá, não estava, e ela tinha muito que fazer, não ia perder tempo pensando em mim. Ela era o contrário de mim. Jamais escreveria um livro sobre a investigação. Para isso há um caderno que se chama inquérito policial, ela diria. Diria, não. Ela disse. Acho que me mandou para Paris para ficar longe de mim um pouco.

Bom, o encontro em Paris ficou para quando Dr. Magreza tivesse se recuperado. Um dia, enquanto eu estava em um táxi passando pelo Sena, vi o Dr. Magreza e Elisa andando de mãos dadas. Aquele foi o único táxi que eu peguei. O único.

Naquele momento, eles me pareciam uma miragem. Sorriam, conversavam e o táxi parou por uns momentos no farol e eu não fiz nada. Fiquei estagnado, sem ação. Quando você vê uma pessoa que conhece muito em outro lugar, em outro país, com outro tipo de roupa, outra expressão no rosto, você não a reconhece. Desconhece. Fiquei sem ação. Nem me lembrei do livro ou dos encontros frustrados. Fiquei como um bobo no carro.

Desanimado, decepcionado, fui para o hotel. Cheguei *e-mails* e tive a ideia de dar uma olhada no *facebook*. Gelei: mensagem da Vassoura Assassina. Dizia. "Amiguinho, olha que coincidência, estou em Paris. Vamos nos encontrar na Torre Eiffel? Segundo andar, amanhã, às 4 da tarde. Não se preocupe, eu te acho. Tenho umas coisinhas pra te dizer pessoalmente."

Não sei se fiquei com medo ou aliviado. Minha viagem estava resultando em alguma coisa. Ainda que eu me ferrasse, aquela viagem não seria em vão. Alguma coisa eu descobriria. Inútil não tinha sido. Afinal conheci Naeko e Paris. Naeko era silenciosa e me fez companhia. Foi bom estar com ela.

No dia seguinte, fui até a Torre Eiffel. Eu já tinha ido com Naeko, mas não tinha gostado. E a ideia de ir de novo a um lugar desagradável me deixava confuso. A fila era enorme e as pessoas ficavam amontoadas esperando a vez de mostrarem as bolsas. Eles deviam fazer uma fila especial para quem não tivesse bolsa, não sei por que não tiveram essa ideia. Verdade que dava para ver Paris inteira dali, homogênea. Paris é dividida em avenidas que se encontram no Arco do Triunfo e a cidade tem uma geometria bacana. Na torre, lá em cima, era horrível. Lojas meio feias, uma lanchonete bem média, um lugar muito turístico. Demorei um tempo para chegar até o segundo andar, quase morri no elevador, de ansiedade e claustrofobia. Mas cheguei. O dia estava bonito e vi Paris toda dali. Uma Paris meio cinzenta, com alguns pedaços dourados de sol. Nada da Vassoura Assassina. Já estava desistindo de encontrar aquele espírito nocivo e decidi descer pela escada para não pegar fila de novo. Eu chegaria mais rápido. No fim, como toda pessoa que aparece com nome falso, a Vassoura Assassina era covarde. Um espantalho.

    Desci e fiquei muito cansado, os degraus não terminavam e eu ficava por alguns momentos sozinho, descendo, parecia um filme de terror. Não pensei que os degraus fossem tantos. De repente, senti um sujeito atrás de mim. Ele não queria passar na minha frente. Estava me seguindo. Eu descia devagar, ele descia devagar. Eu apressava o passo, ele apressava o passo. Olhei para trás. Ele tinha mais ou menos a minha idade, era magro, era parecido comigo, quase. Meu duplo? Um irmão que tive e foi separado de mim? Minha mãe nunca falou nada sobre isso, eu estava delirando. Mas ele era igual a mim, eu me identifiquei na hora. Pensei em parar e perguntar, mas eu não falo francês. Então parei. Ele continuou mas, quando cheguei a um patamar mais baixo, me esperava.

54

Eu disse, *bonjour* — em Paris toda conversa começa com *bonjour*. Ele não respondeu. Só me olhou, com a cara séria. Virou as costas e continuou descendo e, quando percebi, era eu que o seguia. Ele parava e eu parava, ele corria e eu corria. Para quê tudo aquilo? Até que, lá embaixo, eu vi Elisa. Ela estava andando com um lenço colorido no pescoço e estava sozinha e o meu coração bateu. Elisa.

Corri para alcançá-la.

— Elisa, Elisa!

— Elvis, você por aqui? Pedro Júlio disse que você estava em Paris, ficou chateado de não poder encontrá-lo. Que coincidência. Sabe que é a primeira vez que venho à Torre Eiffel?

— E a minha é a segunda, acredite se quiser. Vim com uma amiga semana passada. Gostei, mas não é meu lugar preferido.

— Eu estou achando bacana. Olha ali a Champs Elysee. Depois a Kleber, a Victor Hugo. Avenidas lindas, você não acha?

— Acho, acho. Mas Elisa, que coincidência a gente se encontrar aqui, não é?

— Foi mesmo, incrível. É que nós estamos em sintonia, Elvis, eu e você.

— Pode ser. E o Dr. Magreza, não veio? Tenho tentado encontrar com ele, mas ele nunca pode.

— Ele está em casa, hoje. Ah, Elvis, nossa vida tem sido tão agradável. Aquela tensão da polícia não existe mais, Pedro Júlio está bem menos estressado. Quase nada estressado.

— Que bom. Elisa, você lembra que eu fui ameaçado pelo *facebook*? Um perfil falso: Vassoura Assassina.

Elisa começou a rir:

— Que ridículo. Vassoura Assassina não é perfil que se preze. Foi uma brincadeira, é claro. Você não levou isso a sério, levou?

— Mais ou menos.

— Mas você é uma pessoa que tem medo e continua, não é, Elvis? Você não se cansa.

— Não me canso do quê?

— De mexer no assunto, de chegar à verdade. Elvis, a verdade não está aí para ser vista. Ninguém vê a verdade inteira.

— Você sabia da Vassoura Assassina?

— Não, não sabia. Só um sádico pra te provocar assim. É isso que a investigação policial faz com as pessoas. Você vive com medo e ainda é ameaçado. A melhor coisa é você sair dessa vida.

— É, eu já saí, mesmo. Sabe que escrevi um livro? Escrevi, não, estou escrevendo.

— É mesmo? E sobre o que é?

— É mais ou menos um relato sobre a investigação da morte de Chef Lidu.

— Nossa, que corajoso! Aquele Ronald parecia um sujeito raivoso, mesmo. E amava a Monalisa de um jeito sufocante, me pareceu.

Elisa abriu a bolsa e tirou algo embrulhado em um papel dourado.

— Aceita um marrom glacê? É uma delícia. Esse aqui é dos melhores.

Aceitei. Abri, coloquei na boca. Nossa, que delícia.

— Mas o Ronald. Sujeito louco, hein? Matar daquele jeito, com nove tiros.

— É, talvez. Mas eu acho que não foi bem assim. Sei que ele confessou e tudo. Mas não acredito na história dele. Acho que D. Darlene tem alguma coisa a ver com a história, descobri que o vigia passou mal, foi para o hospital, acho que doparam o cara. E sabe, Elisa? Ronald experimentou o tênis sujo de sangue que a Monalisa disse que era dele. Eu reparei bem. O tênis ficou apertado.

Elisa gargalhou de novo.

— Ah, não acredito. Como uma das irmãs da gata borralheira? Que ridículo! Vassoura Assassina, Cinderela. Elvis, você está com muitas fantasias na cabeça. E quem você acha que era a bruxa?

— Acho que era Monalisa. Demorei para entender isso, mas hoje acho que ela matou Chef Lidu. Darlene fez alguma coisa que insuflou tanto ela como Ronald a acabarem com a vida dele. Ela não estava nem aí para Chef Lidu, só queria saber de dinheiro. E ela matou por meio deles, de um ou de outro, não sei.

— Hum. Não sei não. Não dá pra acreditar que Darlene e Monalisa juntas tenham matado o coitado. Elas se detestavam.

— É, isso é. O tênis apertado não casa com o vigia dopado. Duas coisas diferentes. Eu queria conversar com o Dr. Magreza, Elisa. Arruma um encontro meu com ele, ele precisa me receber.

— Vou fazer isso, querido. Vou pedir a ele. Você está muito angustiado. Quando vai embora?

— Depois de amanhã.

— Então ele entrará em contato com você. Agora vou descer. Você fica?

Olhei para o lado e não vi mais Vassoura Assassina. Aquele sujeito parecido comigo só podia ser o Vassoura. Sumido. De repente pensei que Elisa pudesse ser o Vassoura. Mas ela já tinha ido embora. Fiquei ali, na torre.

Resolvi encarar a vista.

Era bonita mesmo.

55

No hotel, abri o computador no saguão e havia uma mensagem do doutor. Ele e Elisa me convidavam para almoçar no Benoit, um restaurante que fica no Marais. No dia seguinte, ao meio-dia. Confirmei. Estava ansioso, mas aceitando as regras. Como sempre, Dr. Magreza dava as cartas.

Flanei por Paris, comprei presentes para minha mãe e para Rafaela. Para minha mãe comprei lenços e uma malha azul. Para Rafaela, chocolates variados. Rafaela ia gostar dos chocolates de Paris. Visitei todas as lojas bacanas e, em cada uma, comprei chocolates. Rafaela ia adorar. Eu sabia que não podia passar na alfândega com comida, mas fala a verdade, chocolate não é comida, é quase uma joia. Pelo menos os mais caros. Eu só queria presentear a Rafaela.

No dia seguinte, na hora combinada, cheguei ao tal Benoit. Logo vi o Dr. Magreza, estava em uma das mesmas principais. Não perdia o gosto pelos bons restaurantes. Examinava o cardápio com olhos de águia. Uma esperteza, meu chefe. Naquele momento percebi que viajei a Paris só para ver o Dr. Magreza. Eu queria dar um abraço apertado nele, e foi o que eu fiz.

— Elvis, estava com saudades de você. O que você anda fazendo além de escrever romances?

Eu expliquei que não era um romance, mas um relato da investigação e das minhas impressões. Expliquei que não me contentava com nosso relatório, que Ronald não tinha matado Chef Lidu; ele estava assumindo um crime que não cometeu e nós precisávamos intervir. Eu queria publicar o livro, mas queria a aprovação do doutor.

Nos almoços de negócios, come-se primeiro e conversa-se depois. Nós, contrariando as regras, conversamos antes. Comíamos pão e manteiga, é verdade. Mas conversamos. Elisa ouvia, atenta, tomando uma taça de vinho tinto. Nós não bebíamos. Estávamos muito concentrados um no outro.

— Evis, a questão toda é que você desconfia de mim. Você pensa que eu ajudei alguém. Pensa que eu não fui até o fim. E não fui, mesmo. Sabe por quê? Porque eu queria me aposentar. Porque Darlene foi minha amiga. Porque Monalisa é uma apaixonada boba, ingênua e obsessiva. E Ronald confessou de livre e espontânea vontade. Elvis, eu tinha um culpado. O que você queria que eu fizesse? O trabalho estava terminado. Quantos delegados têm a sorte de concluir um inquérito que apura homicídio com uma confissão assim? Pouquíssimos.

— Mas doutor, o culpado é inocente!

— Quem disse?

— E se ele for?

— Mas como você vai saber? Nós nunca teríamos certeza.

— Doutor, na casa de Darlene havia uma caixa de uma arma igual. Ela estava com raiva dele por causa de Monalisa e por causa das mudanças no cardápio, cozinheiro espanhol, essas coisas. Ela tinha motivos para dar quinze tiros nele. E ela dopou o vigia.

— Dopou como?

— Ela mesma disse que deu comida para ele à noite. E ele foi para o hospital. Eu sei, conversei com um segurança da vizinhança que soube disso. Ele não foi ouvido, doutor. O senhor não quis que ele fosse ouvido.

— Elvis, você gosta de mim?

— Gosto, claro que gosto.

— Então me deixa aproveitar meus últimos dias em Paris, Elvis. Sabe por quê?

— Não, o senhor está aposentado, é o que eu sei.

— Eu estou doente, Elvis. Tenho um câncer em fase avançada. Desisti de me tratar. Não vou fazer quimioterapia, radioterapia, nada disso. Morrerei aqui, com a mulher que amo.

— Câncer?

— Um tumor no cérebro, Elvis. Está crescendo, evoluindo. Aos poucos, ficarei cego, surdo, mudo. Não me importa a verdade sobre Chef Lidu. Eu tenho um culpado, Elvis. O moço confessou. Você gosta de mim?

— Gosto muito, o senhor sabe disso.

— Então deixe-me adoecer em paz, Elvis. Esqueça essa história. Dê-me seu arquivo, delete tudo o que você tem em casa, queime sua cópia impressa. Prometa e vamos comer esse prato maravilhoso que nem mesmo Lidu sabia fazer: *tranche de boudin noir rissolée aux deux pommes*. E morrerei em paz em um ano, no máximo.

Aquela revelação me derrubou. Talvez fosse mentira dele. Acho até que era mentira. Mas eu não podia pedir laudos, nada disso. Olhei para Elisa e ela chorava devagar. Para mim, foi o que bastou. Ver Elisa chorando era demais para mim. Peguei meu *pen drive* e pus na mesa. Prometi que só tinha uma versão em casa e deletaria assim que chegasse. E minha cópia impressa seria queimada. Prometi tudo isso ao meu chefe. Minha promessa foi sincera. É claro que ele não acreditou. Nunca se sabe até que ponto as versões digitais de um texto são deletadas. E como ele ia saber que queimei as cópias? Não saberia. Ele confiava em mim. Não tinha alternativa. Sempre gostei muito do Dr. Magreza. Mas ele não era confiável. Mas pelo menos eu tinha conhecido Paris.

56

Fui para casa feliz. Despedi-me de Naeko e combinamos um encontro em São Paulo, qualquer dia. Ela quer conhecer o Brasil. Foi ótima companhia e talvez nos encontremos um dia. Naeko deu certa leveza à minha viagem. Fez de uma viagem de trabalho uma viagem de férias. Mas eu gosto, mesmo, da Rafaela. Sou dependente da Rafaela. Ela me põe no chão.

  Peguei o original impresso de meu livro, coloquei em minha mochila. Fui para o aeroporto. A cópia do livro estava na pasta transparente de sempre. Deixei para destruir em São Paulo. Não queria me desfazer daquele escrito em Paris. Eu ainda estava apegado a ele. No avião, tirei o livro da mochila, reli trechos, fiz mais algumas anotações e cheguei à conclusão de que o melhor era não fazer nada, mesmo. Eu tinha feito a promessa certa. Eu não tinha provas. Aquele segurança não confirmaria na frente de um juiz que o vigia Jessé Alves tinha ido ao Pronto Socorro porque estava dopado. Àquela altura, o segurança estava desaparecido. Todos os seguranças teriam evaporado. E Darlene não fumaria mais. E ninguém diria que ela ficava fumando na calçada com o namorado da Monalisa. O namorado era o acusado perfeito. Ciumento, tinha motivo para matar.

Rafaela me lembrou bem de uma coisa antes da viagem: "Se o Dr. Magreza não concordar com sua versão dos fatos, pode te processar." Ela queria que eu fosse para Paris só para tirar aquela obsessão com o livro da minha cabeça. É claro que Dr. Magreza não concordaria com a publicação. Eu estava dando a entender que ele tinha sido omisso e protegido Darlene. Só que, publicando o livro, eu estava lutando contra a condenação de um inocente, ou de um quase inocente. Talvez de um inocente, mesmo. Afinal, a própria Monalisa poderia ter matado Chef Lidu. Alguém, não sei quem, disse que ela ia trabalhar de tênis. Que número ela calça? Mas o Dr. Magreza não colocou nada disso no inquérito. E eu também não me lembro quem falou que ela usava *all star*. Mas falaram, tenho certeza. Alguém comentou, onde foi? Estava tudo meio nebuloso. E depois, Dr. Magreza tinha câncer no cérebro. Dizia ter câncer no cérebro. Logo ficaria sem memória. Talvez desaprendesse logo a língua portuguesa. Eu não podia estragar seus últimos momentos com Elisa. Eles vivem felizes em Paris. Os dois e, quem sabe, a Vassoura Assassina. Ela quis me deixar com medo. Mas eu não sou covarde, isso já provei. Uma lição tirei de tudo: a gente nunca sabe o que as pessoas pensam de verdade, o que elas são, o que elas fazem.

Rafaela estava me esperando em Guarulhos. Incrível a disposição dela. Nem dirige, a Rafaela. Foi de ônibus. Não falei nada sobre Naeko. Ela não era importante, mesmo. Não na nossa história. No ônibus, na volta, nós nos sentamos de mãos dadas nas poltronas da primeira fileira. Ela perguntou:

— E o livro?

Aí eu me toquei: tinha esquecido a pasta no avião.

Sabe aquele lugar da poltrona da frente, no avião, que serve para quem está na poltrona de trás guardar jornais e revistas?

RONALD SILVÉRIO ABSOLVIDO

Terminou ontem o julgamento de Ronald Silvério, acusado de matar o dono de Brasserie Lidu, Carlos Breno Silva. Conhecido como Chef Lidu, a vítima morreu depois de levar nove tiros que atingiram seu peito e abdômen. O coração foi atingido. O homicídio aconteceu em 15 de abril de 2013. A investigação, conduzida pelo experiente delegado Pedro Júlio Silveira, hoje aposentado, terminou em pouco tempo. Ronald Silvério, namorado de uma funcionária do restaurante, amante de Chef Lidu, de nome Monalisa Prates, logo confessou o delito. Ronald Silvério foi denunciado e pronunciado. Um fato novo, porém, acarretou sua absolvição. Um documento muito extenso, desconhecido inclusive da defesa, mostrou brechas na investigação. Elvis Prado Lopes, escrivão auxiliar do delegado Pedro Júlio Silveira, redigiu um relatório, ou melhor, um romance, onde constam fatos não documentados no inquérito policial. O livro do escrivão foi encontrado em aeronave que pousou em Guarulhos, vinda de Paris, França. Ao que tudo indica, Elvis, passageiro da poltrona 21A, onde estava o documento, o esqueceu na aeronave. Carlos Amarante, funcionário da companhia aérea, percebendo a importância do texto, encaminhou-o à polícia, que rapidamente o enviou ao juiz. Os fatos fizeram com que novas testemunhas fossem ouvidas, entre elas um vigia de nome Jessé Alves, que teria dormido no momento dos tiros. Jessé Alves relatou em Juízo que não estava dormindo quando a pessoa de capacete entrou no restaurante para matar Chef Lidu, mas apenas entorpecido. Embora não tivesse visto o assassino entrar no restaurante, embora não tivesse ouvido os tiros, viu uma pessoa sair e percebeu que o modo de andar era igual ao modo de andar de Monalisa, funcionária do estabelecimento, que de lá entrava e saía todos os dias e era namorada de Ronald. Jessé Alves não estranhou ver a moça sair do restaurante, mas estranhou o fato dela estar de capacete. Pouco tempo depois que ela saiu, D. Darlene, casada com Chef Lidu e também proprietária do restaurante, chegou. Jessé a viu entrar no restaurante por uma porta menor e secundária que permanecia sempre fechada e estava fora do campo de visão da câmera do edifício vizinho. O vigilante estava sonado, mas reconheceu bem as duas mulheres. Viu que Darlene permaneceu por poucos minutos no restaurante, talvez nem cinco, o tempo de fumar um cigarro, quem sabe. O depoimento do vigilante fez com que o próprio promotor de justiça pedisse a absolvição de Ronald Silvério em plenário. O acusado Ronald Silvério chegou a ser ouvido. Chorou muito e disse que D. Darlene havia contado a ele que Monalisa e Chef Lidu estavam apaixonados e ficariam juntos. Ela ofereceu a ele dinheiro para que ele desse um fim àquela história vergonhosa, matando Chef Lidu. Ela dizia que ele estava perdendo o gosto pela comida e levaria o restaurante à ruína. Ela inclusive deu, a Ronald, uma arma. Ele não aceitou o dinheiro, mas levou a arma para casa e a deixou na gaveta. Exigiu satisfações de Monalisa e ela admitiu o romance, mas disse que estava desesperada e não aguentava a pressão. Chef Lidu estava obcecado por ela. Insistia para que vivessem juntos. Monalisa disse a Ronald que não desejava isso. Sentia-se pressionada e assediada moral e sexualmente. Ronald disse que mataria o dono do restaurante, ao que ela respondeu que ela mesma o faria, pois Chef Lidu estaria tornando a vida dela um inferno. Insistia para que fossem embora, morar em outro país, talvez no Peru. Monalisa não falava espanhol e detestava ceviche. Ronald não acreditou que esse fosse um motivo suficiente para um homicídio. Não acreditou que ela cometesse o assassinato. Talvez até fugisse com Chef Lidu. Monalisa saiu e voltou uma hora e meia depois, transfigurada e com coisas trazidas em sacolas, inclusive carne. Explicou que queria simular um assalto. Ela passou alguns dias no quarto escuro e só saiu para ir ao enterro. Começou a tomar calmantes. Monalisa e Ronald passaram a viver em relativa tranquilidade. Tempos depois, ela disse ao namorado que descobriu que seria presa e, se isso acontecesse, se suicidaria na prisão. Ronald resolveu se entregar para evitar o suicídio da amada, ou, ao menos, o seu sofrimento na prisão. Ela concordou. Levou o par de tênis— tênis que na verdade era dela, mas que poderia ser dele, pois era um tanto grande para o pé de Monalisa— à Delegacia. E então ele foi preso. Depois do julgamento de ontem, Ronald foi, finalmente, libertado. Passou três anos na prisão. Disse à reportagem que acabou contando a verdade porque Monalisa não o visitava nunca. Os jurados responderam aos quesitos e o resultado foi muito claro e por unanimidade: o réu não cometeu o delito descrito na sentença de pronúncia. A investigação agora será reaberta. As autoridades ouvidas pela reportagem, que não quiseram se identificar para não comprometer o bom resultado de futuros trabalhos, disseram que tudo leva a crer que Monalisa é a autora do homicídio de Chef Lidu. Está muito claro que o sangue no tênis era de Chef Lidu. Monalisa não compareceu ao julgamento. A reportagem a procurou, mas ela não respondeu aos chamados. A reportagem tentou entrar em contato com o delegado Pedro Júlio Silveira, mas ele está em Paris e não respondeu às mensagens. A reportagem tentou entrar em contato com o escrivão Elvis Prado Lopes, autor do documento. Ele respondeu, por mensagem eletrônica, que o texto é um romance e qualquer semelhança com os fatos é mera coincidência.

É tudo ficção.

Esse livro foi composto em Fournier
e Garden, e foi impresso na cidade do
Rio de Janeiro, no verão de 2014.